L'HACKER

RENEE ROSE

Traduzione di
EMA FERRARI

RENEE ROSE ROMANCE

 Creato con Vellum

OTTIENI IL TUO LIBRO GRATIS!

Iscrivetevi alla newsletter di Renee per ricevere Indomita, scene bonus gratuite e notifiche riguardo a nuove pubblicazioni!

https://subscribepage.com/reneeroseit

SENZA TITOLO

HA TRADITO LA MIA FAMIGLIA – GLIELA FARÒ
PAGARE.

La dolce rossa nel nostro palazzo non è così innocente come pensavamo.

Ha portato un federale nel nostro giro. Ha fatto in modo che sparassero a mio fratello gemello.

Adesso pagherà lei. Le sto affidando il compito di curarlo e riportarlo in salute.

Se lui muore, lei muore. O comunque così le ho detto.

Ovviamente non le farei davvero del male.

La nostra bella vicina mi è già entrata sottopelle.

Ma questo non mi impedirà di punirla

e di toccarla in tutti i modi in cui ho giurato di non fare.

Ha distrutto la mia pace. È diventata una distrazione che non posso permettermi.

Voglio tenerla sotto il mio controllo...

Ho bisogno di tenerla fuori dal mio cuore.

PROLOGO

Dima

SPINSI sui freni della Lada troppo forte, mandando l'auto che condividevo con il mio gemello in un testacoda sull'autostrada ghiacciata. Per un momento glorioso, pensai di avercela fatta.

Di essere arrivato alla fine. Non avrei dovuto vendere l'anima alla bratva per rimborsare il prestito che avevo chiesto per le sue cure.

Mi sarei unito a lei. Avevo promesso che non avrei avuto nessun'altra. L'avevo giurato lì in ospedale, la sera prima che esalasse l'ultimo respiro. Quando si era tolta l'anello e me lo aveva messo al dito.

Tu sarai sempre mia e io sarò sempre tuo. Anche nella morte.

Aspettami. Ti raggiungerò presto.

Poco prima ero tornato a casa e avevo preso a pugni il muro della mia stanza fino a quando non si era sbriciolato.

Le urla frenetiche di Nikolaj mi riempirono le orecchie mentre la nostra auto si schiantava contro un guardrail, schiacciando il mio lato della macchina. Il metallo stridette, il vetro si frantumò. Barcollammo sul lato di un ponte su un fiume ghiacciato. Ecco qui. Era ora di morire. Il dolore sarebbe finito.

Non ero convinto di credere in un aldilà, ma sapevo che non volevo vivere senza di lei. Nikolaj slacciò la cintura di sicurezza e spalancò la portiera, strattonandomi per la camicia per trascinarmi fuori dal suo lato.

«*Net.*» Non mi mossi. Nel momento in cui fosse uscito, l'auto sarebbe caduta nel fiume sottostante. Non sapevo se il ghiaccio si sarebbe rotto sotto tutto quel peso. Forse il semplice impatto mi avrebbe ucciso. Potevo solo sperare.

Nikolaj mi strattonava la camicia con una mano. Con l'altra, mi diede un pugno in faccia.

Il dolore mi esplose nel naso e dietro gli occhi. La vista si annerì, il sangue mi si riversò nella bocca.

Nikolaj approfittò del mio disorientamento per strapparmi da dietro il volante.

«Esci di lì, cazzo» ringhiò in russo.

La vista non mi era ancora tornata. Le gambe si mossero, cazzo. Pensai che mi stessero aiutando a uscire.

Tesi una mano per afferrare la maniglia della portiera. O il volante. Qualcosa per tenermi in macchina quando fosse scivolata giù dal ponte, ma il mio gemello fu troppo veloce. Gettò il peso all'indietro e cadde a terra fuori dalla sua portiera, tirandomi sopra di lui.

Rumori metallici. L'auto barcollò e poi scivolò via, lontano. Per un momento, sembrò che il ponte stesso stesse cadendo, mentre il mondo piombava intorno a me. E poi si schiantò nel fiume sottostante. Nikolaj mi diede un altro pugno in faccia. E un altro ancora. «Non puoi morire oggi, stronzo.»

Un altro pugno. «E non puoi portarmi con te, cazzo.»

Gemetti, soffocando per il sangue.

Non intendevo uccidere Nikolaj. Ero stato un bastardo a non essermi nemmeno separato da lui. Non avevo pianificato di morire quella sera, non consapevolmente comunque. Ma avrei dovuto riflettere di più sul fatto che ci fosse lui in macchina, prima di portare a termine il non-piano.

Eccolo, il problema dei gemelli. Nikolaj si percepiva come una mia estensione. La presenza silenziosa che aveva condiviso il mio dolore durante i mesi della chemio e della radio di Alëna. Che aveva fatto i compiti al posto mio, aveva finto di essere me alle lezioni e aveva fatto i compiti al posto mio quando avevo smesso di preoccuparmi della scuola. Era stato lui a scoprire la possibilità di un prestito dalla bratva quando sembrava che un nuovo costoso trattamento potesse essere d'aiuto.

Non ne avevamo parlato. Non ce n'era stato bisogno. Era stato al mio fianco durante tutta quella cazzo di faccenda. Dal momento in cui mi ero innamorato della ragazza più bella della città a quando l'avevo sepolta.

Gemetti e mi raggomitolai su un fianco nella neve, tingendola di cremisi con il sangue che usciva dal naso e dalla spaccatura nel labbro.

«Alzati.»

Non mi mossi.

Con il vento che ululava, non mi accorsi dell'arrivo di un'altra macchina. Del rumore di una portiera che si apriva.

«Entrate» ordinò una voce autorevole.

Nikolaj cercò di tirarmi su. Non mi mossi.

«Metteteli in macchina.» Due paia di stivali neri scintillanti mi calpestarono, e venni tirato in piedi e spinto nel retro di una limousine.

Fu quella la notte in cui conoscemmo Igor' Antonov.

La notte in cui la bratva ci aveva trovati e si era presa

quello che le dovevamo, non pestandoci né minacciandoci ma appropriandosi completamente delle nostre vite.

Perché Igor' aveva riconosciuto il valore di giovani uomini con un desiderio di morte. Il suo esercito ne era pieno.

Così nostra madre quella notte perse entrambi i figli. Ci credette dispersi nel fiume ghiacciato, non nella fratellanza che aveva preteso che rinnegassimo tutti i legami con lei.

CAPITOLO UNO

Dima

Eccoti qui, bellezza.

L'hacking e il cyberstalking non erano solo un lavoro: erano uno stile di vita. Dietro allo schermo, nell'attico che condividevo con i miei fratelli bratva, dominavo il mondo cibernetico. In quel momento, stavo guardando in diretta la telecamera di sicurezza che controllava il nostro edificio per intravedere un'esile figura femminile entrare dall'ingresso e andare all'ascensore.

Mi venne barzotto al solo vederne la camminata disinvolta ma in modo sensuale, con un sorriso assente, come se stesse pensando a qualcosa che la rendeva felice.

«Chi stai spiando?» chiese Nikolaj dal divano.

Idiota.

Il mio gemello sapeva esattamente chi stavo perseguitando, consapevolezza che per me stava diventando sempre più una spina nel fianco.

«Ooh, è una donna?» gridò la nostra coinquilina,

Sasha, dalla cucina, poi corse in soggiorno per guardare lo schermo da dietro le mie spalle.

Un classico.

Scattai via prima che potesse vedere qualcosa, scoccando sia a lei sia a Nikolaj un'occhiataccia.

Mossa sbagliata. Il mio approccio inusuale mi aveva smascherato. Avrei dovuto fare il vago. Sasha ansimò in modo teatrale… sempre drammatica. «È una donna! Chi è? Fammi vedere.» Cercò di strapparmi il mouse.

«È tua madre» dissi, e poi me ne pentii immediatamente perché l'ampio sorriso di Sasha si spense. La sua avida madre era stata coinvolta in un piano per fregarle l'eredità, e non era benvoluta dalle nostre parti.

«Aspetta… ma davvero?»

«No. Battuta di cattivo gusto. Scusa.»

«Ma che cazzo.» Maxim scattò dalla cucina. Non apprezzava che qualcuno offendesse la sua nuova moglie, il che era comprensibile.

«Scusa.» Tenni il mouse in aria, fuori dalla sua portata, ma lei stava ancora cercando di afferrarlo.

«Di' a tua moglie di non toccare la mia attrezzatura.»

A Sasha sfuggì un rantolo fra uno sbuffo e una risata.

«Mi è uscita male. Spostati e basta.» Feci un gesto per allontanarla.

Incrociò le braccia al petto. «Devi farcela vedere. Non c'è modo di fare marcia indietro finché non la vediamo.»

Sapendo che a quel punto non ci sarebbe stato niente da vedere, che la mia preda ormai sarebbe stata al sicuro nell'ascensore, misi giù il mouse.

«Bene. Ecco cosa stavo guardando.» Cliccai indietro sul feed, che mostrava lo schermo della hall anteriore dell'edificio con Majkl alla scrivania, più una sentinella pesantemente armata che un portiere.

Il cyberstalking era il mio intrattenimento, la mia finestra sul mondo, la mia identità. Con una tastiera e uno schermo, ero un dio. Consideravo la mia capacità di visionare qualsiasi dato un diritto che mi ero guadagnato sapendo proprio come accedervi. Gli affari di tutti erano anche affari miei perché era tutto lì, a me disponibile. Potevo trovare qualsiasi tipo di dato. Potevo rimaneggiarlo, riorganizzarlo per cambiare vite con pochi passaggi sui tasti. Posso mettere le persone nei guai col fisco o ripulirne la fedina penale. Cambiarne i conti in banca, rubare identità.

«Kuznec vuole il tuo aiuto con un progetto di hacking» disse il mio capo, Ravil, mentre passava per il soggiorno. «Gli ho dato il tuo numero. Ti chiamerà Sergej Litvin da Mosca.»

«Va bene.»

Speravo che l'interruzione di Ravil distraesse Sasha, ma era ancora piazzata dietro di me. «Quindi è qualcuno dell'edificio?» chiese. «Chi?»

«Dai, chi?» mormorò Nikolaj con tono sardonico.

Stavolta mi feci furbo e lo ignorai.

Sasha si girò di scatto per fissare Nikolaj. «È una donna?» Fece un sussulto degno di un Oscar. «È Natasha?»

«Davvero?» chiese Nikolaj blandamente, spostando lo sguardo su di me.

«Perché dovrei perseguitare Natasha?» sghignazzai, ma anche solo dirne il nome ad alta voce mi smuoveva qualcosa. Perché perseguitavo continuamente l'adorabile Natasha Zolotova, la figlia dannatamente sexy e lolita di una delle residenti dell'edificio che mi provocava un'erezione con la sua semplice esistenza? In realtà non era una lolita. Aveva ventitré anni, più o meno la stessa età di Sasha. Ma possedeva quella dolcezza fresca che la faceva sembrare una diciottenne. Era la proverbiale ragazza della porta accanto. Portava allegria in tutto l'edificio.

Certo, sapevo già tutto quello che c'era da sapere su di lei. Tenevo d'occhio tutti nell'edificio, era parte del mio lavoro per Ravil, il capo bratva che forniva a me e al mio gemello una vita molto confortevole entro i confini della fratellanza.

Ma stalkerare Natasha per me era un'attività quotidiana, come lavarmi viso e denti. Per rispetto, non leggevo le sue email né ascoltavo le sue chiamate. Mi piaceva solo controllare le sue foto su Instagram. Guardare il feed video delle telecamere di sicurezza dell'edificio che la mostravano quando entrava e usciva. Mi piaceva sapere cosa indossava. Conoscerne l'umore. Sapere che era al sicuro. Mi piaceva sapere quanto spesso lavorava – non abbastanza da andarsene da casa di sua madre né da essere in grado di mantenersi, a quanto capivo.

Oggi indossava un top color melone sopra pantaloni da yoga, fatto che avrei potuto verificare di persona dopo qualche istante. La vidi entrare nell'appartamento che condivideva con la madre, poi tornò fuori, spingendo il suo lettino da massaggio verso l'ascensore.

Chiusi il laptop e mi alzai.

«Vai da qualche parte?» chiese Nikolaj.

Avevo seriamente intenzione di ucciderlo. Gli feci il dito medio mentre uscivo dalla suite dell'attico e giravo verso l'ascensore, dove avevo una singola che si affacciava sul corridoio, come in un albergo. Il cazzo mi diventò duro sapendo che Natasha sarebbe uscita da quell'ascensore per bussare alla mia porta in appena un minuto, con il suo bel viso che faceva cose folli alla mia determinazione.

Entrai nella mia stanza e appoggiai la fronte contro la porta.

L'ascensore suonò. Cercai di rimettere in sesto i pensieri.

Odiavo che fosse una massaggiatrice a domicilio:

portava il suo lettino a casa di altre persone. Era dannatamente pericoloso. Mi aveva detto che non prendeva appuntamento con nessuno che non conoscesse personalmente o che non le fosse stato personalmente raccomandato, e mi aveva anche detto che non incontrava uomini, ma sapevo che era una stronzata, dal momento che mi aveva fatto già due massaggi e sarebbe venuta a breve per un altro. Le avevo fatto promettere che se qualcuno avesse mai fatto casino con lei me l'avrebbe detto. Potevo anche non essere enorme e in grado di tirare un collo con una mano come Oleg, il nostro sicario, ma sarei stato dannatamente letale, se le avessero fatto del male.

Non che fosse compito mio proteggerla. Per quanto mi piacesse perseguitare Natasha, non avrei fatto altro.

Prenotare i massaggi era stato un errore. Un errore enorme.

Tutta colpa di Nikolaj. Quello stronzo del mio gemello doveva aver notato la mia, ehm, dedizione a tenerla d'occhio, quindi aveva minacciato di prenotarsene uno per sé se non lo avessi fatto io. E non c'era alcuna possibilità che lasciassi Nikolaj nudo nella stessa stanza di Natasha.

Nessuna cazzo di possibilità.

Così ora dovevo soffrire perché ero nudo nella stessa stanza di Natasha e perché quelle dolci mani che mi toccavano ovunque – beh, quasi ovunque – e non potevo farmi una sega. *Gospodi*, rimanevo più duro del marmo per tutta l'ora: il peggior tipo di tortura. Soprattutto quando flirtava con me. Di solito non ero tipo da attrarre le donne. Nikolaj le conquistava col fascino e l'aspetto pericoloso. Pavel, Ravil, Oleg e Maxim – gli altri della nostra cellula bratva – avevano tutti donne che impazzivano per loro – o almeno prima che rivendicassero le loro attuali partner.

E io?

Io ero il fanatico del computer. L'hacker.

Non ero affascinante perché non ci provavo nemmeno. Ero quello che si muoveva dietro le quinte, che manipolava le scene dallo schermo di un computer.

Ma, per una qualche ragione, sembrava che a Natasha piacessi. Forse percepiva la mia attrazione per lei: le donne erano intuitive su queste cose. Mi guardava con quei grandi occhi verde mare come se fossi una persona che valeva la pena avere accanto, e la cosa mi distruggeva dall'interno.

Perché non era vero.

Non valeva assolutamente la pena avermi accanto.

E poi non ero disponibile.

Natasha

Usai la chiave magnetica dell'ascensore tirato a lucido per raggiungere l'ultimo piano del Cremlino, il grattacielo sul lago Michigan che ospitava la maggior parte dei russi che vivevano a Chicago, me compresa. Come ogni volta che andavo all'ultimo piano, il polso accelerò.

Prima che le porte si aprissero, mi misi il lucidalabbra e mi sistemai i capelli. Oggi ero in missione.

Non avrei dovuto avere accesso all'attico, ma Dima mi aveva dato la chiave quando aveva prenotato il suo primo massaggio con me. Sul momento avevo pensato che signifi-casse qualcosa. Il membro della bratva tatuato era sempre attentissimo ogni volta che venivo nella sua suite, a lavorare per il suo capo.

Ma poi lo aveva riprogrammato. E riprogrammato di nuovo.

Per quattro volte.

E poi, le due volte che gli avevo fatto un massaggio, si era comportato in modo rigido e distaccato. Quindi sì, le mie speranze che accadesse qualcosa tra me e il bollente cattivo ragazzo dell'ultimo piano si erano gradualmente ridotte a nulla.

Tirai fuori il lettino da massaggio dall'ascensore e mi ritrovai davanti alla sua porta; sollevai la mano per bussare. Lui aprì prima ancora che colpissi il legno con le nocche. «*Amerikanka.*»

Mi chiamava americana. Sembrava un nomignolo abbastanza amichevole, ma non ne ero sicura. Magari era una frecciatina. Pensavo che fosse una battuta dovuta al fatto che mi ero completamente integrata nella società americana. Avevo lavorato sodo per eliminare l'accento russo dalla mia pronuncia. Nessuno avrebbe mai capito che non vivevo qui fin dai nove anni.

«Ciao.» Sentii battiti di ali nella pancia quando lo vidi. Era alto, smilzo e biondo. Gli occhiali con la montatura nera e il viso amichevole lo facevano sembrare più un tipo da GQ che un teppista di strada. Ma era un delinquente, come mia madre mi aveva appena ricordato per telefono prima che arrivassi. Nessuno di quegli uomini era affidabile, e sicuramente non facevano per me, secondo le sue regole.

Dima indossava un'usurata t-shirt di Matrix e un paio di jeans sbiaditi. Aveva i capelli arruffati, come se ci avesse passato le dita. Non era robusto, ma aveva qualche muscolo, nonostante fosse un fanatico del computer. Specialista informatico era il titolo ufficiale, ma avrei scommesso fino all'ultimo centesimo sul fatto che fosse un hacker. Uno dei migliori della Russia, senza dubbio. Quel ragazzo era sempre al computer, e sembrava dannatamente intelligente.

«Ehi.» Si agitò alla vista del lettino da massaggio come un cagnolino indisciplinato. Strappandomelo di mano, lo portò dentro.

«Ha le rotelle, sai.» Lo seguii dentro. Cercavo di scherzare, di metterlo a suo agio come faceva lui con me quando mi avvicinavo per massaggiare la moglie del suo capo durante la gravidanza, ma quando ero nella sua stanza, quando eravamo soli, non c'erano mai sorrisi accomodanti né battute da parte sua. Anzi, sembrava quasi sulla difensiva. Come se fosse arrabbiato con me per qualcosa.

Non rispose.

«O volevi solo mostrare la tua forza superiore?»

Quando non rispose e iniziò a svuotare la borsa come se fosse lui il terapeuta e io la cliente, aggiunsi: «Conosco già bene i tuoi muscoli, sai.»

Sì, stavo flirtando spudoratamente. Ma lo facevo perché lui non faceva mai nulla al riguardo! Avrei potuto giurare di piacergli. Pensavo che mi stesse chiedendo di massaggiarlo come un'apertura verso... qualcosa più.

E no, non ero quel tipo di massaggiatrice. Non mi occupavo del lieto fine. Ma avrei potuto giurare che Dima fosse interessato. Ogni volta che mi trovavo nella suite principale dell'attico, il suo sguardo mi seguiva. A volte osava un tocco leggero: la sua mano nella parte bassa della schiena, come a un appuntamento. E poi la prova più lampante: le erezioni durante i due massaggi che gli avevo fatto. La tensione che non rilasciava mai. Era come se soffrisse durante le mie sessioni invece di rilassarsi e godersele.

Ma non mi chiedeva mai di uscire né flirtava in risposta quando lo facevo io. Avevo anche provato a chiedergli io di uscire, con gran disinvoltura. Gli avevo chiesto se sarebbe andato al concerto della band della sua coinquilina al Rue's Lounge. Aveva detto di no, poi si era presentato, non mi aveva parlato e aveva fissato tutti quelli che avevano parlato con me. E per tutti, non intendevo nemmeno quelli che ci avevano provato con me. Ero al tavolo con i suoi coinquilini, i membri della sua cellula bratva, e una delle loro mogli.

Dopo avevo smesso di aspettare. Avevo smesso di aspettarmi che facesse qualcosa al riguardo. E avrei dovuto smettere di flirtare, perché avevo iniziato a vedere un ragazzo qualche settimana fa. Un bollente mezzo russo che aveva appena iniziato a lavorare come personal trainer nella mia palestra.

Tirai fuori il lenzuolo e coprii il tavolo, accesi la musica da massaggio e presi l'olio.

«Aspetto dietro la porta che ti spogli e ti sdrai a faccia in giù sul tavolo» dissi con il mio migliore tono tranquillo da spa. Giuro di aver sentito lo sguardo di Dima fissarsi sul mio culo mentre entravo in bagno, l'unico posto dove potevo andare per dargli privacy nella sua camera da letto tanto simile a una stanza d'albergo. Aspettai che i fruscii si fermassero e poi bussai, prima di uscire.

Tirai giù il lenzuolo per esporgli la schiena. Tutti i membri bratva avevano tatuaggi. Alcuni erano uguali, altri diversi. Avevo memorizzato tutti quelli di Dima, che trovavo i più affascinanti. La maggior parte dei tatuaggi da bratva erano grezzi, probabilmente fatti in prigione con il temperino e l'inchiostro di una penna rotta. Dima invece sfoggiava arte colorata su entrambe le braccia. Sulla scapola destra e giù per il bicipite destro c'era una serie di uno e zero. Un codice informatico. Ecco perché ero convinta che fosse un hacker. I tatuaggi della bratva raffiguravano i loro crimini. Le prigionie. Le iniziazioni alla fratellanza. Chi avevano servito e per quanto tempo. O almeno così ipotizzavo io. Non ero così ingenua da chiedere.

Mi concentrai sulla sua spalla destra, per cominciare: era sempre la più tesa – non che si lamentasse. Probabilmente era strano, ma mi piaceva toccare Dima. Lui poteva anche non apprezzare i miei massaggi, ma sicuramente a me piaceva dannatamente farglieli. Mi piaceva la sensazione dei suoi muscoli sotto i palmi. Il profumo del dopobarba, il suo silenzio stoico.

Oggi, come le altre volte, inclinò i fianchi nel momento in cui lo toccai: l'erezione gli faceva inclinare il bacino. Non riusciva a stare comodo. Se fossi stata una versione più audace e impavida di me stessa, mi sarei chinata e, facendogli le fusa all'orecchio, gli avrei chiesto se volesse che mi occupassi di quella particolare parte della sua anatomia.

Ma non era da me. Non ero una sensuale gattina. Ero solo la cordiale, disponibile Natasha, lì per servire con un sorriso.

Lavorai sui muscoli del deltoide e dei bicipiti, poi giù per l'avambraccio fino alle dita. Tenergli la mano fece ripartire lo sfarfallio nella pancia. Come se le mani fossero una parte del corpo più intima di tutte le altre zone che stavo toccando. Dima indossava una sottile fascia d'oro con un diamantino sul mignolo. Immaginavo che significasse qualcosa, perché non c'entrava nulla con lui. Non era uno appariscente, non era il tipo da gioielli. Massaggiai ogni dito individualmente. Aveva tre X tatuate sulle nocche. Tutti i ragazzi all'ultimo piano li avevano. Probabilmente indicavano gli omicidi.

«Allora, ho saputo che tuo fratello organizza il poker il venerdì sera.» Chissà perché, ma il cuore iniziò a battermi fortissimo. Un po' imbarazzante, ma tutto quello che dovevo fare era farmi invitare alla partita. Era quella la missione.

Alex, il mio nuovo ragazzo, voleva proprio andarci. Si era interessato molto quando aveva saputo che vivevo al

Cremlino. Probabilmente aveva sentito parlare della partita.

Dima si irrigidì ancora più di quanto già non fosse. Quando non rispose, proseguii.

«Posso venire?»

«No» disse subito. La voce fu dura e burbera.

«No?» Risi per mascherare l'imbarazzo. Avevo praticamente promesso ad Alex che sarei riuscita a farci invitare. «Perché no?»

«Natasha, quelle partite sono per chi fa puntate serie. Non sono per te.»

«Magari voglio puntare seriamente.» Ora ero solo infastidita. Ma che problemi aveva?

La mia missione si trasformò dal far contento Alex alla dimostrazione che non ero una fallita totale.

«No.» La sua voce suonò ancora più forte.

«Beh, posso venire a guardare?» Certamente ero persistente. Regolai il lenzuolo. «Girati, per favore.»

Dima si rivoltò.

«Ti prego» dissi con la mia voce più dolce. Chissà perché, ma non riuscivo ad accettare un no come risposta. Personalmente non avevo alcun interesse per il gioco, e non stavo cercando di impressionare Alex. In realtà non credevo che avessimo un futuro. Provavo per lui più un affetto fraterno che da fidanzato. Forse mi feriva che Dima mi dicesse di no, cosa che, combinata col rifiuto di agire per quanto riguardava il suo evidente interesse per me, mi rendeva piuttosto bisognosa di spuntare una vittoria.

«Natasha...» si strofinò il viso con una mano. «Non posso credere che me lo stai chiedendo.»

Mi spruzzai un po' di olio nelle mani e gli massaggiai la spalla dall'alto. «Ci sono, che so, spogliarelliste?»

Dima sbuffò. «Nessuna spogliarellista.»

«Droghe?»

«Niente droghe.»

«Posso semplicemente venire a dare un'occhiata? Solo una volta? Ti prego.»

Dima gemette e chiuse gli occhi. Un attimo dopo, sbirciò e mi sorprese a guardarlo. «Bah. Va bene. Sì, puoi venire. Ti mando l'indirizzo per messaggio.»

«Evviva! Grazie. Farò la brava, lo prometto.»

Ora stavo flirtando di nuovo. Dima socchiuse un occhio e il lenzuolo si tese tra le sue gambe. Il cuore mi palpitò come se stessi correndo giù per una collina. Era quello il momento in cui avrei dovuto dirgli che avrei portato Alex. Avrei assolutamente dovuto dirglielo in quel momento. Argh. Perché non volevo dirglielo? E poi mi resi conto della ridicola verità. Il vero motivo per cui avevo accettato di chiedere a Dima se potevamo andare alla partita non era per compiacere Alex. Era per presentarmi con Alex e far ingelosire Dima. Magari per spronarlo a provarci con me. Ignorai la piccola spina nella nuca che mi diceva che la cosa mi si sarebbe totalmente ritorta contro.

CAPITOLO DUE

Dima

«Hai fatto cosa?» La testa di Nikolaj quasi gli rotolò via dal collo. Mi ero sistemato nel mio angolino della lussuosa suite dell'hotel di Chicago dove si sarebbe tenuta la partita di poker di stasera. Nikolaj era il bookmaker. I giochi erano il suo campo. Ero lì per tenere traccia delle scommesse, controllare i giocatori digitalmente e occuparmi dei filmati di sicurezza.

Oleg, il sicario della cellula bratva, era presente per i muscoli. Si sedette nell'angolo opposto, vicino alla porta.

«Ho dato a Natasha l'indirizzo. Voleva venire» ripetei.

«Ma davvero, cazzo?» Nikolaj rimase a bocca aperta. «Davvero. A cosa stavi pensando?» Oleg alzò lo sguardo ma non commentò, il che non era insolito. Era muto, e anche se tutti avevamo imparato la lingua dei segni non aveva ancora molto da dire, tranne che a Story, la sua ragazza. Chiusi gli occhi e mi passai le dita tra i capelli.

«Lo so. Ho cercato di rifiutare, ma lei continuava a supplicare. Non so perché voglia venire, ma è così.»

«Sua madre ci ucciderà entrambi... e ammazzerà anche Ravil» disse menzionando il *pachan*, il capo della bratva di Chicago. «Sai che quella donna non ha paura di nessuno di noi.»

«Svetlana è feroce» concordai. «Ma è in Russia al momento. Probabilmente è per questo che Natasha ha deciso di invitarsi alla partita proprio ora.»

«Non funzionerà» disse Nikolaj. «Rovinerà l'atmosfera. Non la lascerò entrare.»

Strinsi i denti. Io e Nikolaj eravamo entrambi generalmente accomodanti, ma ero stato nervoso nell'ultimo mese, e aveva tutto a che fare con la piccola ammaliatrice dai capelli rossi che metteva quelle sue manine oliate su tutto il mio corpo. Non riuscivo a dormire la notte. Non riuscivo a pensare a nient'altro che a perseguitarla durante il giorno.

«Invece la farai entrare.» Gli lanciai un'occhiataccia dura per assicurarmi che vedesse che dicevo sul serio. Non c'erano molte cose su cui puntavo i piedi, ma tutto ciò che aveva a che fare con Natasha mi rendeva irritabile. E Nikolaj voleva negarle l'accesso a un luogo in cui voleva andare? Mai e poi mai.

Un muscolo si contrasse nella mascella di Nikolaj. «Sei davvero un *mudak*. Da quanti mesi stai assecondando questa ragazza? E non le chiederai nemmeno di uscire. Ecco perché ha chiesto di venire. Sta cercando di vincere la tua resistenza. Sei così fottutamente cieco da non vederlo proprio?»

Strinsi i pugni sopra alla tastiera.

La sottile fascia dell'anello di Alëna mi strinse la pelle del mignolo, promemoria del perché non avrei mai chiesto a Natasha di uscire. Avrei voluto lanciare qualcosa contro mio fratello.

Mi rifiutai persino di considerare se avesse ragione.

Tra Natasha e me non sarebbe successo nulla.

Mai.

Avevo fatto una promessa ad Alëna, e io le promesse non le infrangevo.

«Non la lascerò entrare» ripeté Nikolaj ostinatamente.

Mi alzai dalla postazione. Oleg si spostò in avanti sulla sedia, come pronto a sedare una rissa per una donna che non era nemmeno la mia ragazza.

«È già dentro. L'ho invitata io. Fine della fottuta storia.»

Nikolaj aggrottò le sopracciglia, le narici si infiammarono. «Bene» disse dopo un attimo. «Ma quando ti darò il segnale, la farai uscire da qui, cazzo. È chiaro?»

Esitai. Certo, sapevo che aveva ragione lui. Natasha era l'opposto del giocatore che volevamo. Avrebbe trasformato una seria partita di poker dalla posta alta in una frivolezza dalle puntate basse. Non avremo fatto soldi. Peggio ancora: i clienti abituali si sarebbero incazzati per la rovina della solita atmosfera.

Annuii. «*Da.*»

Oleg si rimise comodo.

«Lo trovi strano, giusto?» gli chiese Nikolaj.

Ultimamente ci stavamo impegnando a includerlo nelle conversazioni, ora che la sua ragazza, Story, lo aveva costretto a interagire di più.

Oleg fece spallucce ma io annuii, sparandomi uno sguardo dispiaciuto.

«Sì, lo so» ammisi.

Nikolaj accese la musica di sottofondo. Bussarono alla porta e Oleg la aprì, facendo entrare Adrian, uno dei nostri militanti. Faceva il barista da quando Pavel aveva deciso di trasferirsi a Los Angeles per stare con la sua ragazza. Adrian si mise al lavoro, disimballando e sistemando bottiglie di liquore sul tavolo fornito dall'hotel. Quando comparve Cari, la donna che Nikolaj aveva assunto per distribuire le carte, mi venne in mente perché Natasha non sarebbe stata la benvenuta.

Cari era fantastica. Intelligente, teneva la bocca chiusa ed era una grande mazziera. Ma indossava un abito leopardato con oblò su entrambi i lati. Natasha probabilmente si sarebbe presentata con i jeans e una maglietta aderente. Aveva il look adolescenziale americano per eccellenza, anche se non era né americana né adolescente.

Mi risistemai alla mia postazione, dove mi sentivo più a mio agio. Se avessi potuto fare a modo mio, non avrei mai dovuto interagire con il mondo esterno. Me ne sarei rimasto al Cremlino a manipolare il mio ambiente da una tastiera e da uno schermo. Nel giro di mezz'ora, iniziarono a bussare.

Zane si presentò per primo. Era uno studente universitario ventunenne. Ragazzo intelligente, andava alla Northwestern. Aveva un sacco di talento. L'anno precedente aveva pagato le tasse scolastiche dell'intero anno solo con le sue vincite al gioco d'azzardo. Ma ora aveva perso il suo vantaggio. Uno dei nostri giocatori *mudak* lo aveva introdotto alle meraviglie degli strip club e della coca, e ora il ragazzo aveva perso la concentrazione.

Nikolaj scosse la testa verso di lui. «Non sei il benvenuto qui stasera, Zane, tranne che per effettuare il pagamento sulla tua nota. Sei sotto di cinquantamila dollari.» Puntò la testa verso Oleg, che si alzò lentamente dalla sedia. «Hai ancora due giorni prima di ricevere una visita da Oleg.» Oleg aprì e chiuse la mano, mostrando il pugno robusto. Il tipo era enorme, quindi le sue dimensioni e il suo silenzio da soli solitamente bastavano come deterrente per eventuali aspiranti piantagrane.

Il ragazzo accarezzò freneticamente le tasche della sua giacca nera.

«Ho portato i soldi. Davvero. Ne ho proprio qui diecimila.» Estrasse una busta chiusa e la spinse verso Nikolaj, che non si mosse. Cambiò posizione per porgerla a Oleg, che non si mosse.

Allora l'aprì e iniziò a contare i contanti ad alta voce per mostrarli Nikolaj. Quando ebbe finito, Nikolaj annuì e se lo segnò nel libro mastro.

«Comunque stasera non giochi.»

«Ma dai, ragazzi.» Zane allargò le mani, lasciò cadere la testa di lato e fece lo splendido.

Era privilegiato, intelligente e belloccio. Ero sicuro che fosse abituato a ottenere quasi tutto quello che voleva. Ma era evidente che stesse rapidamente precipitando verso un orribile fallimento.

«Sai che sono bravo. Probabilmente stasera mi rifarò di tutto. Lo sai quanto ho fatto l'anno scorso.»

«Non puoi campare di rendita sui guadagni dell'anno scorso, amico mio. Hai perso la concentrazione.» Nikolaj gli lasciò cadere una pacca fraterna sulla spalla. «Pulisci la tua merda. Tieni il naso lontano dalla coca. Sei un fottuto disastro.»

Un po' del suo fascino si annebbiò. La disperazione iniziò a palesarsi quando attaccò a parlare troppo velocemente. «Nikolaj, sono il tuo cliente più fedele. Tu mi conosci. Sai che posso recuperare ciò che ti devo e altro ancora.»

«Esci. Ho bisogno di almeno altri quindicimila prima che tu possa sederti di nuovo al mio tavolo. Ora muoviti, o Oleg ti butta giù dal balcone, cazzo.»

Zane impallidì e inciampò verso la porta. «Va bene, va bene» si lamentò. «Me ne vado.»

«Quello lì è a caccia di guai» osservai quando la porta si chiuse.

«Prevedo uno straordinario disastro» concordò Nikolaj.

Nei successivi venticinque minuti, i giocatori si presentarono e Nikolaj li salutò, organizzando la stanza e mettendoli a loro agio così che spendessero un sacco di soldi.

Non riuscivo a decidere se essere contento o incazzato, quando sembrò che Natasha non si sarebbe presentata.

Le avevo detto di venire in tempo, altrimenti non sarebbe stata accettata. Ma poi la porta si aprì e mi rovesciai il mio cazzo di drink sulla gamba. Perché Natasha era stupenda. I capelli rossi erano arricciati sulle spalle, indossava i tacchi e un abito nero che mostrava ogni fottuta curva del suo corpo incredibile.

Ma non era quello il motivo che mi aveva fatto versare il drink.

Era lo stronzo con cui era entrata.

«Lui è Alex» stava dicendo a Nikolaj. «Il mio accompagnatore.»

Il suo cosa?!

Era fuori discussione, cazzo.

Natasha non poteva davvero aver portato un accompagnatore alla nostra partita di poker dalla posta altissima. Mi alzai e mi avvicinai, strappandogli dalle mani la patente di guida che Nikolaj aveva chiesto ad Alex.

Non dissi *ciao* né *come va* a Natasha.

Fuori discussione.

Ero molto più che incazzato.

Era assolutamente irrazionale, lo so. Ma lo era anche il fatto che avessi consentito a farla partecipare alla giocata.

Quando si trattava di Natasha, tutto era irrazionale.

Il mio bisogno di starle vicino e allo stesso tempo il desiderio che si trasferisse in Antartide. Il fatto di lasciare che mi toccasse quando ogni secondo era tortura.

Mostrarle quello che volevo quando sapevo che non lo avrei mai avuto.

Recuperai il computer per informarmi sul tipo. Tutto sotto controllo. Alex lavorava in una palestra della zona come allenatore. Si era laureato nello Stato dell'Illinois. Aveva fatto wrestling al college. Aveva un cognome russo: Vasil'ev. Non mi piaceva. Ma non c'era nessun motivo in particolare. Insomma, aveva senso che Natasha fosse attratta da un altro russo, specialmente da uno come lei, americanizzato. Ma sembrava un altro campanello di allarme.

Non che ce ne fosse stato uno prima.

Se non il fatto stesso che si fosse presentato. Con la nostra Natasha.

Perché cazzo si era presentato? Era lui il motivo per cui Natasha aveva chiesto di venire alla giocata? Il pensiero fece suonare un campanello d'allarme, e cominciai a scavare ancora di più nel passato del ragazzo.

Ero così preoccupato, che dimenticai di tenere traccia delle scommesse della prima partita. Guardai oltre e mi resi conto che Natasha non stava nemmeno giocando. Solo quello stronzo di Alex. Lei era il suo trofeo. Il suo fottuto porta fortuna. Le occhiatacce di Nikolaj erano sufficienti a staccare la carta da parati fantasia dalle pareti alle mie spalle.

Ja znaju, borbottai verso di lui ad alta voce. *Lo so.*

Avevo combinato un bel casino.

Il modo in cui gli occhi di Alex facevano ping-pong tra di noi mi fece pensare che avesse capito.

«*A ty govoriš' po-russki?*» Gli chiesi se parlava russo.

«*Da, moja mama iz Rossij*» rispose. *Mia madre viene dalla Russia.*

Perché quello me lo faceva odiare ancora di più? Continuai a scavare, cercando sua madre. Ci volle un po' di tempo. Avete presente quando nelle serie televisive l'hacker tocca appena il computer e ne ricava la risposta a qualsiasi domanda? Beh, non funziona mica così. L'hacking richiede molto tempo, e bisogna sapere cosa cercare e dove. Avevo già hackerato e avevo ottenuto accesso permanente alla maggior parte dei database: la motorizzazione, i registri del dipartimento di polizia, l'Internal Revenue Service. L'FBI era più difficile, perché dovevo hackerarlo di nuovo ogni trenta giorni, ma entravo anche lì.

Trovai il nome della madre, ma nessun indirizzo corrente né le dichiarazioni fiscali. Niente sul padre. Alex era un cittadino statunitense, nato lì a Chicago ventiquattro anni prima. Che stronzo.

Provai con l'FBI. Cercai il suo nome lì dentro e non venne fuori nulla. Cercai il nome di Ravil. Avevo già visto quei file. Non avevano molto su di lui. L'incidente in cui avevano provato a convincere Lucy, sua moglie, dopo che lui l'aveva rapita e tenuta in ostaggio al Cremlino. Ed eccolo qui.

Un tag attivo assegnato a un agente Alex Volkov. Eh. Il nome era sospettosamente simile ad Alex Vasil'ev.

Ne recuperai la foto. Sì. Lo stesso stronzo. Scrissi a Nikolaj. Avrei voluto mandare un messaggio anche a Oleg e Adrian, ma che tutti e tre i telefoni suonassero contemporaneamente sarebbe stato un enorme indizio. Riuscii però a catturare l'attenzione di Oleg. Stavo per usare il linguaggio dei segni limitato all'ortografia per dirgli F-B-I, ma Nikolaj disse «Fermi tutti» e interruppe il gioco.

Si alzò e si avviò verso il capo opposto del tavolo, verso Alex. «Come hai detto che fai di cognome?» gli chiese.

Guardai bene il volto di Natasha.

Se avessi scoperto che faceva parte di quella merdata, non mi sarei ripreso mai più.

Non vidi paura, solo una leggera confusione.

Dannazione.

Dovevo farla uscire da quella stanza, nel caso la situazione fosse precipitata. E poi mi doveva una fottuta spiegazione. Mi alzai anch'io e mi avvicinai al suo fianco. Alex stava sudando, e rispondeva a Nikolaj parlando velocemente.

Lanciai un'occhiata di avvertimento a Oleg nello stesso momento in cui agganciai la mano attorno al braccio di Natasha per tirarla in piedi. «Dobbiamo scambiarci due parole.»

L'improvviso movimento e il fatto di essere stato beccato dovette far completamente perdere ad Alex la testa, perché quello stronzo sparò un colpo da sotto il tavolo, colpendo Nikolaj all'intestino.

Natasha urlò.

Il mio gemello si piegò in due barcollando.

«Nikolaj!» Ruggii. Rabbia e paura si fusero in un cocktail di adrenalina che mi rese letale. Scalciai il tavolo per fornire protezione a Nikolaj, ora a terra, se Alex avesse sparato di nuovo, ma Oleg era già lì a mettere fuori combattimento lo stronzo con il calcio di una pistola.

«Oh Gesù, oh cazzo» gridò un giocatore mentre, insieme agli altri, scattava in piedi e indietreggiava.

Adrian puntò la pistola prima contro Alex, ma poi ruotò per la stanza.

«Mettila via» ordinai. «Fate uscire tutti da qui prima che arrivino i poliziotti. Usate le scale posteriori. Subito.»

Mi precipitai da Nikolaj e mi accovacciai. Era ancora cosciente, ma stava sanguinando molto. Mi lanciai il suo braccio intorno alle spalle e, seppur con fatica, issai entrambi.

«Non ucciderlo» avvertii Oleg, che stava perquisendo il corpo di Alex privo di conoscenza. Non che dovessi dirglielo. Non uccideva con leggerezza né senza un ordine.

«Lasciatelo qui perché se ne occupino i federali.» Oleg annuì e aiutò Adrian a portare i giocatori fuori dalla stanza.

Natasha si era appiattita contro il muro vicino alla porta, gli occhi verdi spalancati, il viso impallidito.

«C-cosa è successo?» ebbe il coraggio di chiedermi.

«Muoviti. Vieni con me» le dissi duramente, sollevando il mento verso la porta. Le sue dita afferrarono la maniglia e poi spalancò la porta, con un'occhiata sveglia alle sue spalle mentre usciva.

«Ascensore.» Ne pronunciai la parola come un'imprecazione. Come se potessi punirla solo con il tono della voce.

Non riuscivo a credere a quello che mi aveva fatto.

Avevano sparato a mio fratello.

Tutto a causa sua. Perché mi ero fidato di lei.

Premetti il pulsante più e più volte fino a quando arrivò l'ascensore ed entrammo tutti e tre. I passi di Nikolaj erano goffi, mi pesava sulla mia spalla, ma era sveglio, aveva un sorriso sciocco sul viso.

«Non posso credere che quel cazzone mi abbia sparato» mormorò mentre la porta dell'ascensore si chiudeva.

«Dubito seriamente che abbia messo in pratica la procedura imparata a Quantico.»

«Ma perché... non capisco» piagnucolò Natasha.

«Stai zitta» scattai. «Ora ascoltami. Devi metterti dall'altra parte di Nikolaj e avvolgere il braccio intorno alla sua vita. Metti la borsa davanti al sangue. Quando le porte si apriranno, uscirai con un cazzo di sorrisone in volto, come se stessimo tutti a farci una pizza. Capito?»

«Sì.» Era pallida, senza fiato. «Ho capito.»

Le porte suonarono e si aprirono. «Allora, dove andiamo a cena?» chiese Nikolaj con un tono disinvolto ma l'accento più marcato per via del dolore. Sentii le sirene in lontananza. Senza dubbio qualcuno aveva chiamato la polizia quando avevano sentito lo sparo. «Che cosa vi va?»

Procedevo il più velocemente possibile senza attirare l'attenzione su di noi. Nel momento in cui fummo fuori, mi distaccai da Nikolaj e corsi a prendere la Land Rover.

Natasha fu abbastanza intelligente da continuare a camminare come meglio poteva, reggendo il peso di Nikolaj. Non appena arrivai al suv della Mercedes, saltai dentro e la avviai, andando in retromarcia e dritto lungo la corsia fino a quando vidi dallo specchietto retrovisore Natasha e Nikolaj avvicinarsi. Mi fermai, saltai fuori e spalancai la portiera posteriore. «Entra» ordinai a Natasha. Lei salì e io aiutai Nikolaj, il che fu difficile perché stava iniziando a zoppicare.

«Cazzo, cazzo, cazzo» mormorai quando finalmente riuscii a farlo entrare. Non rimase dritto sul sedile, però. Si riversò verso Natasha.

Mi tolsi la camicia e la appallottolai. «Tieni questo sulla ferita» ordinai. Feci ruotare un po' Nikolaj per controllargli la schiena, in cerca del sangue. «Ok, il proiettile è uscito. È un bene» gli dissi. «Premi anche da questa parte.»

Natasha mi prese la camicia. «Hai un kit di pronto soccorso qui? Con una garza? Devo medicare la ferita.»

Non avrei dovuto meravigliarmi che Natasha fosse capace di intervenire in un momento critico. Sua madre era un'ostetrica, si occupava di parti in casa, e lei l'assisteva ufficiosamente da quando era una bambina. Ero troppo arrabbiato per ammirarla ora, però. Guardai sotto il sedile anteriore e tirai fuori il kit di pronto soccorso, glielo aprii. Lanciai il rotolo di garza sul sedile accanto a Nikolaj.

«Curalo.» Le diressi un'occhiata crudele. «Se lui muore, tu muori» le dissi in modo piatto.

Il colore drenò dal suo viso, e mi fissò con occhi spalancati e spaventati. Registrai la sua paura come dolore nel mio stesso corpo. Provai una torsione dolorosa dell'intestino, perché facevo tanto il succhiacazzi con qualcuno a cui tenevo. Minacciarla era imperdonabile. Roba da cui noi non ci saremmo mai ripresi.

Ma non c'era nessun noi. Ecco cosa dovevo tenere bene a mente. Non c'era nessun noi ora, né avrebbe mai potuto esserci.

«Un po' duro, no?» borbottò Nikolaj subito prima che sbattessi la portiera.

CAPITOLO TRE

Natasha

SE LUI MUORE, tu muori.

Dima mi aveva minacciata. Dima, il cattivo ragazzo bratva che pensavo fosse il più simpatico di quelli del Cremlino. Avrei dovuto ascoltare mia madre. Aveva cercato di dirmelo. Quelli lì erano pericolosi, e non avrebbero esitato a uccidere chiunque li avesse minacciati.

Non sapevo come avevo potuto pensare che ci fosse del potenziale tra di noi. Lanciai un'occhiata al suo gemello, Nikolaj.

Alzò le sopracciglia. «È incazzato» disse con esagerato timore reverenziale, come se fosse sorpreso anche lui. Come se Dima non si arrabbiasse mai.

Aprii il pacchetto di garze con dita tremanti mentre gli tenevo la camicia appallottolata sopra la ferita. Ogni parte di me tremava: labbra, mento, dita, ginocchia.

Non ero nemmeno sicura di cosa fosse successo. *Alex aveva sparato a Nikolaj!* – ecco cos'era successo. Sbrogliai rapidamente una garza e usai i denti per strapparla, poi spostai la mano di Nikolaj ed entrambe le camicie insanguinate – la sua e quella di Dima – per infilare la garza nella ferita come avevo imparato al corso di formazione per operatori di primo soccorso. Prima di rendermi conto che per me era troppo traumatico da digerire e mi prefissassi l'obiettivo di fare la naturopata. Ripetei l'azione per il foro di uscita.

Sentii lo squillo di un telefono in vivavoce. Dima stava chiamando.

«*Da?*»

«Hanno sparato a Nikolaj» tagliò corto. «Ha bisogno di un medico e di sangue. Tipo 0 positivo. Posso donare io, se non riesci a trovarlo.»

«Portalo in clinica: farò in modo che Blake ti venga incontro lì. Che cosa è successo?» Riconobbi la voce concisa di Ravil. Sempre dedito agli affari.

Nello specchietto retrovisore, vidi un muscolo scattare nella mascella di Dima.

«Natasha ha portato un fottuto federale alla giocata.»

Un'ondata di ghiaccio freddo mi travolse e il tremore quintuplicò. Le parti del puzzle che il mio cervello scioccato non era stato in grado di incastrare improvvisamente scattarono in posizione.

Alex era un agente federale.

Mi aveva usata per arrivare a Nikolaj.

Dio, che idiota che ero! Come potevo essere stata così stupida?

«Cosa?» Ravil chiese incredulo. «*Bljad'*... ma cos'è successo?»

«Era alle prime armi. Parlava russo, probabilmente è per questo che lo hanno messo sulle nostre tracce. Si è fatto prendere dal panico quando è stato beccato e ha sparato un colpo prima che avessimo la possibilità di disarmarlo.

Ho detto a Oleg di lasciarlo lì perché se ne occupino i federali.»

«È morto?»

«No. K.o.»

«Che ci faceva Natasha alla partita?»

Dima diede un pugno al cruscotto e io rimasi senza fiato per lo scricchiolio della plastica dura e la violenza del gesto.

«Colpa mia. Mi ha chiesto di venire e...boh. Non ho saputo dirle di no perché è Natasha.»

«*Bljad'*, Dima.» Ravil sembrava disgustato.

Perché è Natasha.

Mi rigirai la frase più e più volte nella testa, cercando di non correre troppo lontano. Una parte di me gioì segretamente. Avevo ragione, significavo qualcosa per lui!

Non era riuscito a rifiutarmi un favore quando gliel'avevo chiesto.

Ma poi la torsione nelle viscere si strinse ancora di più. Perché questo significava che il senso di tradimento che Dima provava verso le mie azioni doveva averlo colpito ancora più in profondità.

«Dov'è adesso?»

«Sul sedile posteriore, con Nikolaj.»

«Ok. Mi occuperò di lei al mio arrivo.»

Un'altra doccia gelata. Mi ero quasi fatta la pipì addosso come un cucciolo spaventato.

«No, mi occuperò *io* di lei» rispose Dima.

Non sapevo bene cosa significasse che *si sarebbe occupato lui di me*, ma non poteva essere nulla di buono. Probabilmente era una cosa davvero, davvero brutta.

Avevo appena tradito la loro organizzazione e forse avevo fatto uccidere Nikolaj.

Dima probabilmente diceva sul serio quando aveva detto che, se Nikolaj fosse morto, sarei morta anche io.

Oh Dio, se mi avessero uccisa, mia madre non sarebbe mai sopravvissuta al dolore.

«Chi è il *pachan* qui?»

La durezza della voce di Ravil fece irrigidire Dima.

«Tu.»

«Senza dubbio. Ora mantieni la calma, per il bene di Nikolaj. Vi verrò incontro con un aiuto.»

Dima strinse le labbra, ma non rispose. Agganciarono. Il mio successivo respiro arrivò con un pianto silenzioso, del tipo da togliere il fiato e singhiozzante.

«Ssh» disse dolce Nikolaj. «Andrà tutto bene.» Ma le palpebre gli tremolarono fino a chiudersi.

«Svegliati, svegliati, svegliati» sussurrai con allarme, non volendo che Dima sentisse. Ora credevo a Dima. La mia vita dipendeva dal fatto che Nikolaj non morisse.

Le ciglia di Nikolaj si risollevarono.

«Non morirò» mi promise. «Ci vuole più di un proiettile codardo per abbattermi.»

Le lacrime mi scesero sul viso mentre Dima sfrecciava per le strade di Chicago. Mi sedetti di lato; avevo i crampi alla schiena e alle braccia a causa della posizione scomoda che avevo assunto per mantenere la compressione sulle ferite di Nikolaj. Cercai di catturare lo sguardo di Dima nello specchietto retrovisore.

«Non sapevo che Alex fosse un federale, lo giuro. Scusa.»

«Ne parliamo dopo.» Tagliò corto.

Cercai di non pensare a tutte le cose brutte che sarebbero potute accadere. A me. A Nikolaj. A mia madre. Ravil ci avrebbe cacciate dal Cremlino? Mi avrebbero sparato e poi avrebbero gettato il mio corpo nel lago Michigan?

Ci vollero circa venti minuti prima che Dima imboccasse un vicolo e spegnesse il veicolo. Smontò dall'auto e spalancò la portiera posteriore. Quando vide che Nikolaj non si era mosso, scattò per sentirne il battito sul collo.

Nikolaj aprì le palpebre. «Non sono morto, stronzo.»

«Meglio così.» mormorò Dima. Si strofinò il viso con una mano, prendendo la camicia intrisa di sangue e la figura zoppicante di Nikolaj.

«L'emorragia è rallentata» gli dissi.

Dima sbatté la fronte contro il telaio della portiera.

«Esci.» Mi invitò a smontare dalla sua parte. Alzai le sopracciglia, sorpresa. Pensavo che sarei dovuta rimanere lì a premergli le ferite. «Subito.»

«Va bene.» Scesi e le sue mani furono immediatamente su di me. Il suo tocco fu veloce e ruvido mentre i palmi si mossero sulla schiena, sopra le natiche.

Farfugliai per la sorpresa.

Seguì l'orlo del mio vestito fino in fondo alla gonna, e finalmente mi resi conto di quello che stava facendo: cercava un cavo. Pensava che lavorassi anch'io con i federali. Mi ficcò le mani dentro al vestito e mi controllò rapidamente le mutandine passando la parte posteriore delle sue nocche sul davanti. Non indugiò abbastanza a lungo da umiliarmi, ma ciò non impedì a una bella vampata di calore di inondarmi collo e petto per poi raccogliersi nella cavità della gola e strisciarmi su per il collo.

Cercai di respingerlo, ma rimase immobile: stava ancora completando la perquisizione, mi fece scivolare le dita sul corpetto del vestito. Non portavo il reggiseno e i miei stupidi capezzoli diventarono duri quando li sfiorò.

Mi si mozzò un po' il fiato. Cercai di trattenere un gemito. Mi girò per controllare la parte posteriore del colletto e poi indietreggiò. «Dammi la borsa.» La presi dal pavimento del sedile posteriore e gliela scagliai contro, sbattendo le palpebre per ricacciare indietro il calore che sentivo dietro il setto nasale.

La svuotò sul pavimento della Land Rover e ne analizzò il contenuto, ovviamente ancora alla ricerca di una cimice. Mi smontò il telefono e ne esaminò rapidamente l'interno. Dopo averlo rimesso insieme armeggiò con le impostazioni, poi se lo mise in tasca anziché rificcarlo in borsa. Rimise a posto il resto delle mie cose.

Una macchina stridette dietro di noi e un uomo che non riconobbi saltò fuori. Ci ignorò e aprì la porta dell'edificio e mezzo minuto dopo corse via con una barella.

«Dima?» Posò lo sguardo su Nikolaj, ancora nella Land Rover. Feci un passo indietro per fare spazio alla barella.

«Sì» rispose. «Lui è Nikolaj. Il mio sangue e i miei organi sono compatibili.»

«Lo vedo.» Erano ovviamente gemelli identici. «Va bene, aiutami a farlo salire sulla barella.»

Dima salì per prendere posto vicino alle spalle di Nikolaj, e i due lo poggiarono sulla tavola per poi portarlo nell'edificio.

Mi precipitai davanti a loro per aprirgli la porta, poi li seguii.

Un'altra macchina stridette nel vicolo e le portiere sbatterono. Ravil e Maxim entrarono rapidamente. Nessuno dei due mi disse una parola passando, ma lo sguardo duro di Ravil mi fece rimpicciolire.

Indietreggiai verso la portiera, cosa che Ravil dovette percepire, perché si fermò e si girò.

«Entra in sala operatoria, per favore, Natasha.»

Notai il *per favore*. Era ancora educato, anche se il tono indicava che non avrebbe tollerato alcuna disobbedienza. Ma in fondo Ravil aveva sempre fatto il signorile. Nascondeva i tatuaggi di fratellanza sotto camicie e pantaloni costosi. Le scarpe erano sempre lucide. Non fosse stato per l'inchiostro grezzo sulle nocche, sarebbe stato facile pensare che fosse nato per dirigere una sala riunioni, non la mafia russa. Seguii gli uomini in una sala operatoria illuminata da luci fluorescenti.

L'edificio puzzava di antisettico e animali; udii l'abbaiare e i latrati dei cani lungo un corridoio. Avevano messo Nikolaj su un tavolo di acciaio inossidabile e il veterinario rimosse la garza.

«Chi ha medicato le ferite?» chiese conciso.

«Natasha» mormorò Dima senza guardarmi. Quasi preferiva fingere che non fossi presente. Si capiva. Doveva pensare il peggio assoluto di me in quel momento. Diavolo, io stessa pensavo il peggio di me.

«Brava. Sei un medico?» mi chiese.

«Ho seguito la formazione per operatore di pronto soccorso.»

«Sai infilare un ago?»

Chiusi gli occhi e respirai con controllo. Non vi ero stata addestrata, ma avevo visto mia madre mettere le flebo.

«Posso provarci.» Mi piazzai accanto a Nikolaj.

«Non con lui.» Mosse la testa verso Dima. «Ho bisogno del suo sangue. Le borse sono nell'armadietto in basso a destra, laggiù.» Me lo indicò con il mento, mentre le sue dita erano impegnate a mettere una flebo nella mano di Nikolaj.

Corsi verso l'armadietto e lo aprii, scendendo in ginocchio per trovare le sacche. Erano per gli animali, quindi più piccole di quelle di sangue umano, ma fondamentalmente uguali. Presi l'ago e il tubo e misi insieme il set.

Dima se ne stava lì a guardarci con il viso pallido come quello del fratello.

Trovai i guanti di gomma, l'antisettico e un laccio da legare intorno al braccio.

«Ok, ehm, siediti» dissi a Dima. Non mi guardò mentre spostava una sedia dal muro e si sedeva.

Mi accovacciai accanto a lui; con l'aderente abito da cocktail che rendeva la situazione ancora più imbarazzante, tamponai l'area, poi gli legai il laccio emostatico al di sopra del gomito. Gli palpai le vene.

Dannazione.

Ma volevo farlo davvero? Però la necessità di contribuire in qualche modo, di cercare di correggere i miei torti mi fece superare la mia paura di fare un casino. Incanalai i movimenti puliti ed efficienti di mia madre. La sua calma di fronte a qualsiasi cosa. Abilmente, gli infilai il grande ago nella vena, aprii la porta e lasciai che il sangue fluisse dentro.

«Va bene» disse il veterinario distogliendo lo sguardo. «Posiziona la sacca giù, sui piedi, in modo che la gravità la riempia.»

Appoggiai la sacca di sangue sul pavimento e mi sedetti accanto a essa, ai piedi di Dima, abbracciandomi le ginocchia. La stanza era tranquilla mentre il veterinario lavorava su Nikolaj. Vagamente, lo sentii dire che doveva operare per ripaargli una parte danneggiata del colon. Quando la sacca di sangue di Dima fu piena, chiusi il morsetto di uscita e rimossi l'ago.

«Prendi un nuovo ago e mettilo nel braccio di Nikolaj» mi istruì il veterinario, in qualche modo in grado di monitorare le mie azioni anche mentre operava.

Obbedii, anche se ero terrorizzata di fare un casino. Quando inserii l'ago, appesi la sacca all'asta della flebo e aprii il morsetto. «Ehm. Ok, penso di aver fatto.»

Il dottore lanciò un'occhiata veloce quindi si concentrò nuovamente sul suo lavoro. «Brava. Sei di grande aiuto, Natasha.»

Feci l'errore di dare un'occhiata a Dima e trovai il bagliore blu ghiaccio dei suoi occhi saldamente su di me. Un brivido mi attraversò il corpo.

Dima ovviamente non era d'accordo. E non riuscivo a decidere cosa mi spaventasse di più: pensare a ciò che Ravil, lo spietato capo della mafia, mi avrebbe fatto o la consapevolezza di aver perso per sempre la considerazione di Dima.

DIMA

IL RESPIRO sibilante di Nikolaj mi fece bruciare l'intestino di un dolore fantasma. Eravamo sempre stati troppo vicini, io e lui. Le nostre vite erano intrecciate come le viti. La bratva aveva una regola: non erano ammesse famiglie di nessun genere. Niente mogli, niente figli. Perché diventavamo tutti fratelli l'uno dell'altro. Ma poiché io e Nikolaj eravamo già fratelli, era permesso. Nikolaj aveva insistito sul fatto che rimanessimo come una squadra, e Igor' lo aveva permesso.

Ma quella era la bratva del vecchio mondo. Lì, negli Stati Uniti, Ravil gestiva una cellula più rilassata. Lui e Maxim avevano entrambi preso moglie. Oleg aveva una ragazza. Le famiglie erano ammesse. Persino i bambini. Ravil aveva un bambino di cinque mesi nell'attico.

Non mi sentivo così fuori controllo dalla notte in cui Alëna mi aveva detto che il cancro al pancreas era incurabile. Il livello di adrenalina che mi attraversava non mi aveva acuito il cervello, lo aveva solo confuso. C'era una selvaggia imprudenza in me che avrebbe potuto farmi fare qualcosa di stupido.

Ero già stato troppo duro con Natasha. Sapevo che aveva paura, ma ero troppo incazzato per occuparmene.

Troppo terrorizzato di perdere Nikolaj.

Non poteva morire.

Soprattutto non così, quando era stata tutta colpa mia. Stavo pensando con il cazzo quando avevo dato a Natasha l'indirizzo della partita. Sapevo che non aveva senso, ma non ero riuscito a dirle di no. E ora, forse, l'avrei pagata cara.

Mi trovavo a pochi metri dal tavolo a guardare il dottor Taylor, il veterinario che Ravil teneva sul libro paga per questo tipo di situazioni. Il fatto che avesse dovuto operarlo non era di buon auspicio per Nikolaj. Se la fosse cavata, avrebbe potuto avere ripercussioni permanenti. Come una sacca per la colostomia.

Il fatto che fosse un veterinario e non un traumatologo a operare mio fratello senza l'intera gamma di risorse normalmente disponibili in un vero ospedale mi faceva venire voglia di uccidere qualcuno. Ma era quella la vita che ci eravamo scelti. Avevo portato Nikolaj nella bratva a causa di una ragazza. E adesso forse avevo messo fine alla sua vita a causa di una ragazza.

Bljad'.

Ma il dottor Taylor era bravo. L'avevo già visto all'opera. Era un tipo serio. Poteva anche essere un veterinario, ma sapeva cosa stava facendo. Non sembrava poi covare chiusure né pregiudizi sul fatto di lavorare per la *mafia* russa.

Non faceva mai domande. Eseguiva il lavoro e accettava il pagamento. Sapevo che avrebbe fatto del suo meglio.

«C'è …ehm… posso usare il bagno?» chiese Natasha.

Si era tolta i guanti di gomma e si stava fissando le mani macchiate di sangue.

Feci un cenno con la testa verso l'area della reception, perché non ero ancora pronto a parlare con lei, ma Ravil mi lanciò un'occhiata.

Aveva paura che volesse scappare. Ne dubitavo seriamente, ma non si poteva mai sapere.

Le mie capacità di giudizio erano ovviamente compromesse quando si trattava della bella rossa. Inoltre, non avevo mai contemplato l'idea che portasse un federale alla partita.

La seguii fuori e mi appoggiai alla porta, quando entrò in bagno.

Mi vide quando chiuse la porta, e il suo sguardo sorpreso si riempì di spavento. Per quanto arrabbiato, non era da me. L'avevo spaventata ben oltre il giusto castigo. Natasha aveva lo sguardo di una che credeva che le sarebbero accadute cose terribili.

Beh, non c'era da meravigliarsi. L'avevo davvero minacciata in macchina? Non dicevo sul serio. Non avrei mai fatto del male a una donna, specialmente a Natasha. Natasha era la mia tortura costante. La donna che non potevo avere ma che non riuscivo a smettere di desiderare.

Maledetta lei per avermi distorto a quel modo! Mi aveva scorticato vivo. Mi aveva fatto sbagliare con mio fratello e l'organizzazione.

Cazzo.

Sentii lo sciacquone del water e l'acqua scorrere nel lavandino. E scorrere e scorrere.

Net. Improvvisamente, le immagini di ogni film d'azione in cui l'eroe o l'eroina apre l'acqua della doccia o il lavandino per poi strisciare fuori dalla finestra del bagno mi inondarono la testa. Aveva la finestra, quel bagno?

Mi aggrappai alla maniglia e aprii. Aspettandomi che fosse bloccata, lanciai metà del mio peso contro la porta... e caddi dentro quando si aprì verso l'interno. Natasha urlò. L'acqua delle mani, che stava lavando nel lavandino, mi schizzò addosso.

«Gesù. Che stai facendo?» scattò: era la prima volta in

assoluto che respingeva. Feci un passo indietro, scuotendo la testa.

«Pensavo che avessi lasciato l'acqua accesa e fossi strisciata fuori da una finestra» mormorai.

Natasha si fece beffe di me e si guardò intorno teatralmente nel bagnetto. «Da una finestra invisibile.»

Aveva ragione. Non c'erano finestre. Cosa che avrei saputo, se avessi pensato alla posizione della stanza nell'edificio. Il mio cervello ovviamente non era ancora online.

«Quanto tempo ci vuole per lavarsi le mani?» le chiesi.

Abbassò le spalle e se le esaminò, capovolgendole.

«Sì, beh, stavo vivendo un momento alla Lady Macbeth per via del sangue.»

Non conoscevo abbastanza bene la letteratura inglese da capire il riferimento, ma presi l'appunto mentale di cercarlo, la prossima volta che fossi stato davanti al computer.

Come ogni volta che non ero dietro a uno schermo, mi sentii senza collegamenti; eppure, vista la serata, era difficile immaginare di tornarci. Stasera niente manipolazioni dietro le quinte. Non quando mio fratello stava sanguinando sul tavolo di un veterinario e la donna che avevo giurato di non toccare aveva frantumato per sempre la mia santità mentale. Nessun codice né hack poteva aiutare Nikolaj. Non c'era manipolazione del destino che potessi orchestrare per cambiare i risultati a nostro favore.

Uscii dal bagno per lasciarla passare, ma quando uscì lei entrò nel cucinino accanto al bagno. Vedendo la Keurig, chiese: «Ti va una tazza di caffè?»

«No» dissi poco dopo, e poi sospirai.

«A Ravil però probabilmente andrà.» Inserì una capsula, riempì la macchina di acqua e mise sotto una tazza. Quando quella si riempì ne preparò una seconda, poi mi passò davanti, nell'area della reception.

Accidenti a lei. Non volevo la sua fottuta dolcezza, e quella ragazza era praticamente sempre dolce.

Non cambiava nulla. La seguii e osservai offrire tranquillamente il caffè a Ravil e Maxim, che lo accettarono entrambi. Mi ignorò poi per tornare indietro e prepararsi un'altra tazza per sé e portare anche piccole confezioni di creme e zucchero per Ravil e Maxim.

Mi sedetti contro al muro a braccia conserte, rifiutandomi di guardarla, anche se la sua presenza silenziosa riempiva la stanza.

Come mi aveva detto Ravil quando ci stavamo recando lì, avevo bisogno di mantenere la calma, per il bene di Nikolaj. E questo significava mantenere una fottuta distanza da Natasha, il mio detonatore personale.

CAPITOLO QUATTRO

Natasha

Avevo davvero bisogno di un pezzetto di cioccolato. O di un intero barile pieno. Le mie ghiandole surrenali erano in calo per lo stress, tremavo ovunque ed ero a secco.

«Natasha, ora vorremmo scambiare due parole con te.» Ravil puntò la testa verso la porta interna del laboratorio.

Maxim lo seguì.

Per un momento, non riuscii a muovermi mentre una paura gelida mi attanagliava la gola, rendendomi difficile respirare. I secchi singhiozzi che mi avevano scossa prima nel veicolo ritornarono, e incespicai verso la porta quasi in iperventilazione.

Dima mi si avvicinò da dietro e mi prese saldo la nuca. «Ehi.»

Non riuscii a guardarlo. Sapevo che mi odiava. Ravil mi odiava. Non avevo idea di cosa mi avrebbero fatto, ma non poteva essere nulla buono.

«Ehi» ripeté Dima con più autorità. «Guardami» disse, a bassa voce perché lo sentissi solo io.

Feci di tutto per calmare il battito cardiaco mentre incrociavo il suo sguardo blu. Sorprendentemente, ora non era così freddo; sembrava più turbato che arrabbiato. «Dimmelo adesso, prima di entrare lì: lo sapevi?» chiese, abbassando le sopracciglia.

Scossi la testa; le lacrime mi riempirono gli occhi. «Giuro su Dio che non lo sapevo.»

Dima mi scrutò il viso per un attimo, poi fece un cenno del capo. «Se stai dicendo la verità, andrà tutto bene.» Mi accarezzò leggermente il polso con il pollice, inviandomi formicolii di consapevolezza ovunque. «Ravil non è un mostro. Basta andare lì e rispondere onestamente alle sue domande.»

Mi uscì un ridicolo sbuffo mentre cercavo di soffocare i singhiozzi, e mi allontanai per nascondere l'imbarazzo.

Era gentile, avrei dovuto esserne grata. Ecco il Dima che pensavo di conoscere. Ma non riuscii a superare la minaccia che mi aveva mosso in auto.

Se lui muore, tu muori.

Lo intendeva veramente. Avevo visto la minaccia nel suo sguardo gelido. Quindi non ero sicura di credere che sarei uscita dalla riunione sana e salva.

Dima mi afferrò di nuovo la nuca e mi guidò lungo il corridoio. Ravil e Maxim erano nell'area della reception della clinica. Era una piacevole reception. Le pareti erano dipinte di un leggero verde acqua, i pavimenti in cemento erano macchiati di viola e l'arredamento aveva una semplicità moderna.

«Siediti.» Ravil indicò una delle sedie. Mentre mi sistemavo, girò una sedia all'indietro e si mise a cavalcioni di fronte a me, appoggiando gli avambracci sullo schienale. Dima e Maxim lo affiancarono con le loro sedie.

L'inquisizione spagnola.

Beh, almeno non avevano delle pinze per togliermi le unghie. *Ancora.* Tuttavia, non riuscivo a smettere di rabbrividire.

Non aiutava che Ravil non dicesse nulla per un momento: si limitava a scrutarmi. Alla fine chiese: «Che ci facevi alla giocata?»

Mi imposi di non piangere e presi fiato. «Ci voleva andare Alex. Era il mio accompagnatore.» Quando Ravil non disse nulla, andai avanti. «L'ho conosciuto in palestra il mese scorso e mi ha chiesto di uscire. È russo anche lui. O mezzo russo.» Mi leccai le labbra, dando un'occhiata a Maxim e poi di nuovo a Ravil. «Siamo usciti un paio di volte, niente di serio.» Resistetti all'impulso di rivolgere lo sguardo a Dima nel dire quella parte.

«Quando ha scoperto dove vivevo, ne parve entusiasta. Aveva sentito parlare di voi. Conosceva anche il nome di Ravil.»

Non ci credo, aveva esclamato. *Vivi al Cremlino? Sai che è della mafia russa?* Mi si infiammò il viso mentre mi rendevo conto di come ero stata raggirata. Di quanto ero stata stupida. Avevo pensato che fosse sinceramente interessato a me e mi ero lasciata usare.

«Non so, si comportava come una specie di fan della bratva. Come se volesse entrarci per via delle sue origini russe. Voleva essere presentato. Non ero tanto a mio agio con la cosa. Poi mi ha detto di aver saputo che programmavate una partita ogni venerdì e mi ha chiesto di farlo entrare. Neanch'io ne ero sicura, ma ho pensato che magari potevo farmi invitare e portarmelo dietro.»

Il volto di Ravil non lasciò trapelare nulla, ma sentii che mi stava giudicando. «E hai detto a Dima tutto questo, quando gli hai chiesto di partecipare?»

Deglutii. Cazzo.

Brutta cosa per me. Bruttissima.

«No» dissi senza fiato.

Raschiai via lo smalto dal pollice con movimenti frenetici. «Io, ehm... lui... non so perché non gli ho detto di Alex.»

Ravil alzò un sopracciglio, come non credendomi.

Avevo lo stomaco tutto sottosopra. Non osavo guardare Dima, ma sentivo il peso del suo sguardo. Quando non aggiunsi nient'altro, Ravil mi disse: «Non basta, Natasha.»

Una lacrima mi sfuggì dall'occhio destro e mi scivolò lungo la guancia. Abbassai la testa per nasconderlo, iniziando a raschiare lo smalto dall'unghia dell'altro pollice. «Suona strano, immagino.»

«Strano» riecheggiò Ravil, esasperando il dubbio nel tono.

Non volevo spiegare la stupidità di tutta quella storia. Che volevo che Dima mi chiedesse di uscire. Che parlare di un altro non avrebbe aiutato quella causa persa. Ah, e che in un certo senso forse speravo che presentarmi con un ragazzo che era interessato a me lo avrebbe reso geloso. Che gli avrebbe dato la spinta di cui aveva bisogno.

Tutte banalità, ora. Qui non si trattava della mia vita sentimentale. Si trattava di un agente federale che si infiltrava nella bratva, e che io avevo aiutato. E intanto del gemello di Dima ferito. Cosa per cui non mi avrebbe mai perdonata.

Quindi sì, le possibilità che mi chiedesse di uscire, ora o in futuro, erano nulle.

«Scusatemi» gracidai, con la voce graffiata di lacrime.

Ravil si concesse un altro momento di silenzio straziante prima di dire: «Sono deluso, Natasha. Considero te e tua madre come membri della famiglia. Eri sotto la mia protezione. Questa sembra un tradimento della fiducia.»

Trattenni un singhiozzo, cercando di non scoppiare in lacrime. «Lo so.» Annuii. «Scusatemi» ripetei.

«Non sapevi nulla di lui, né che fosse un agente dell'FBI?»

«Giuro di no. Non ne avevo idea. Ora mi rendo conto di quanto sono stata stupida.»

«Cosa sai di lui?» chiese Ravil.

Mi morsi il labbro, cercando di ricordare tutto ciò che avrebbe potuto essere utile. «Ha frequentato il college nell'Illinois. Penso fosse un wrestler. Lavora nella palestra dove faccio kickboxing.»

«Dove vive?»

Cercai di ricordare se vi aveva accennato. «N-non lo so. I nostri appuntamenti erano casuali. Non era, ehm, una frequentazione né niente del genere.» Stavolta diedi un'occhiata di nascosto nella direzione di Dima, ma la rabbia che gli vidi in volto mi fece rapidamente distogliere lo sguardo; il nodo nello stomaco si strinse.

«Cos'altro sai dirci di lui? Quando ha iniziato a lavorare in palestra? È sempre stato lì?»

Oddio. Tutti i segnali d'allarme erano lì. Mi strofinai le tempie. «No, era appena stato assunto, circa un mese fa. Mi ha chiesto di uscire per un caffè dopo le lezioni qualche settimana fa. E poi siamo andati a cena la scorsa settimana.» Perché confessare quelle cose mi faceva venir voglia di nascondermi sotto la sedia?

Ah sì: era lo sguardo torvo proveniente da Dima.

Ravil lanciò un'occhiata verso Dima, poi sbuffò. «Beh, Natasha. Ho bisogno che tu faccia le cose per bene. Andrai con Dima allo chalet per curare Nikolaj finché non sarà di nuovo in salute. Rimarrai lì per tutto il tempo necessario, senza lamentele.»

Non avevo idea di cosa fosse "lo chalet", ma annuii, dando la mia disponibilità. Avrei dovuto annullare i pochi massaggi prenotati, ma non avevo scelta, no? Ravil aveva sempre interpretato la parte del dittatore benevolo per la nostra comunità: i russi che vivevano nel suo edificio. L'affitto era basso, probabilmente un quarto di quello che avrebbe dovuto essere per un edificio così bello e una posizione tanto di pregio. In cambio, noi offrivamo la nostra lealtà. Se i poliziotti venivano a fare domande, improvvisamente nessuno parlava inglese. Quando Ravil ci diceva che non erano ammessi estranei nell'edificio, obbedivamo alle sue regole e ci piegavamo alla sua volontà.

Mia madre non voleva accettare la sua generosità perché sapeva bene cos'era, ma stava annegando nei debiti fatti per la licenza di infermiera ostetrica negli Stati Uniti. Si era trasferita al Cremlino per me, in modo che potessi lottare per permettermi l'università, ma mi aveva sempre avvertita di mantenere le distanze dai tatuati, nonché nostri autonominatisi protettori.

Ravil si girò verso Dima. «Ti lascio sistemare il resto con lei in privato come meglio credi.»

Mi si rovesciò lo stomaco quando Dima rivolse uno sguardo di valutazione su di me. Significava che mi avrebbe punita? E in un modo che richiedeva *privacy*? Resistetti all'impulso di deglutire, sapendo che lui lo avrebbe tanto voluto. Il terrore si mescolò ad altro. A qualcosa di più... intrigante. Un calore si avvolse nel mio nucleo, scongelando il ghiaccio che mi stava intasando le vene.

«Sì» concordò Dima; il suo sguardo blu su di me era di pietra e duro. «Mi occuperò io di lei.»

DIMA

Guardai Natasha agitarsi sotto il mio sguardo. Avevo odiato vederla tremante e scossa mentre rispondeva a

Ravil, ma non mi dispiaceva più così tanto ora che ero io a occuparmi di lei. Ravil l'aveva appena ceduta alla mia custodia. Una parte di me voleva rifiutare – non riuscivo a sopportare di guardarla dopo il modo in cui mi aveva preso in giro – ma il pensiero che rispondesse ad altri mi faceva venire voglia di dare un pugno al muro.

Se doveva essere punita per i suoi peccati, che fosse per mano mia.

Non che fossi io il sadico della cellula bratva. Quel ruolo spettava a Pavel, in tutto e per tutto. Sospettavo che anche Ravil e Maxim fossero un po' perversi con le loro mogli – e *Gospodi,* sì, avrei preferito non saperlo, ma vivere nella stessa suite rendeva alcune dinamiche un po' difficili da nascondere.

Non avevo grandi piani per torturare Natasha. Ero ancora troppo incazzato per parlarle al momento, ma saperla gestita da chiunque altro mi avrebbe fatto solo infuriare ulteriormente.

«C'è altro che devi dirmi?» chiese Ravil a Natasha. «Qualcosa che mi stai tenendo nascosto?»

Bljad'.

Da come era impallidita e aveva iniziato a grattarsi l'unghia, sapevo che c'era qualcosa.

E adesso, mia bella traditrice?

«Ehm... ho un gatto.»

Mi ci volle un momento per assimilare le sue parole, e dovetti ignorare il modo in cui il cuore mi si agitò nel petto.

Aveva un gatto.

Ecco il suo ultimo, grande segreto. Quella lì non poteva proprio essere una talpa. Era troppo innocente. Non stava lavorando con i federali. Era stata presa in giro da uno e aveva raggirato me per renderlo felice.

Combattei l'impulso di perdonarla per tutto. Lei si affrettò: «So che non ci è permesso avere animali domestici nell'edificio, ma l'ho trovato abbandonato che era un gattino, e aveva bisogno di essere curato per tornare in salute, e poi... non sono proprio riuscita a lasciarlo andare.»

Gospodi, era adorabile. Mi strofinai il viso per nascondere il mio fascino per lei. Ecco perché trovavo quella ragazza inebriante. Coinvolgente. Era così giovane, così pura e così preziosa... intatta. Una luce intensa in un mondo che brillava di pochissime luci.

Le labbra di Ravil si contrassero. «Sapevo già dell'animale domestico non autorizzato.»

«Davvero?»

Giunse le mani. «Nel mio edificio succede molto poco di cui io non sia al corrente, Natasha.»

Grazie al mio cyberstalking, ovviamente.

Ravil si sedette. «Farò in modo che qualcuno passi a nutrire il tuo amichetto mentre tu sei allo chalet e tua madre è in Russia.»

Lei abbassò la testa. «Grazie.»

«Torna dentro per vedere se il dottor Taylor ha bisogno della tua assistenza.»

Si alzò in piedi; i tacchi alti le facevano apparire le gambe snelle ancora più lunghe del solito. Detestavo l'abito rivelatore che indossava. Il fatto che lo avesse messo per lui. Nel mio stato irrazionale e troppo emotivo, sembrava quasi che Nikolaj fosse stato colpito perché lei aveva indossato quel cazzo di vestito per Alex.

Ravil aspettò che la porta della clinica si chiudesse, poi chiese: «Cosa ne pensate?»

«Sono incline a crederle» disse Maxim.

Mi strofinai la mano sul viso. «Anch'io, ma il mio giudizio è una merda quando si tratta di lei.»

«Ovviamente» disse Maxim seccamente. «Svetlana è in Russia ora? La tempistica è sospetta.»

Svetlana era la madre di Natasha, l'ostetrica orgogliosa e testarda che aveva aiutato nel parto del bambino di Ravil, Benjamin.

«Già. Avrebbe dovuto togliere di mezzo la madre prima di correre questo rischio.» Ravil mi guardò. «Fai un controllo. Vedi se riesci a scoprire esattamente dove si trova ora e cosa sta facendo.»

«Ho lasciato il computer in albergo.»

«Adrian o Oleg l'avranno preso. Domani mando qualcuno allo chalet con cibo e provviste» disse Ravil.

«Grazie» mormorai.

Ravil mi studiò allora con gli occhi strizzati. «Hai intenzione di dirmi se trovi qualcosa, dopo le indagini?»

Mi stava chiedendo se avrei protetto Natasha da lui, fosse successo qualcosa. Esitai. L'avrei protetta? Cazzo, sì. L'istinto c'era. Anche se ero arrabbiato con lei, mi sarei comunque preso un proiettile per quella ragazza senza batter ciglio.

Ma non informare il mio *pachan* per lei…

No. Ravil era l'uomo più giusto che conoscessi. Se Natasha avesse rappresentato un problema per noi, mi sarei fidato di lui più di quanto non mi fidassi di me stesso.

Annuii.

«Sì.» Mi strofinai una mano sul viso. «Scusa per la macchina…»

«Siamo a posto» mi interruppe Ravil. «Lo so che lei è il tuo punto debole.»

«Sembra più che altro la mia kryptonite, cazzo» mormorai. Perché Natasha da sola mi aveva devastato stasera, e di solito ero io che pensavo a tutto e mi preparavo. Avevo perso ogni ragione quando mi aveva guardato con quegli occhi verde mare per chiedermi un favore assurdo.

La porta della clinica si aprì e il dottor Taylor uscì, con Natasha che si trascinava dietro di lui.

«Ho finito. Ho riparato il colon e ho messo uno scarico. Ha una flebo di antidolorifici e antibiotici. Non è consigliabile spostarlo, ma ovviamente non puoi tenerlo qui.» Si rivolgeva a Ravil, ma includendomi nel contatto visivo. «Natasha sa somministrare la flebo e regolare il drenaggio. Ho imballato le forniture di cui avrai bisogno. Vorrei aggiornamenti quotidiani e sono disposto a fare una visita a casa nelle prossime quarantotto ore per verificare i progressi se... se siete d'accordo.»

«Sarebbe preferibile in videoconferenza» rispose Ravil tranquillamente.

Mostrare a un estraneo la posizione dello chalet avrebbe annullato il senso di avere un rifugio. Certo, Natasha ora lo avrebbe conosciuto, a meno che non le avessi coperto la testa con un cappuccio, idea che mi rigirava lo stomaco.

Il dottor Taylor annuì. «Va bene. Facciamo una videochiamata domani, così posso dare un'occhiata a tutto. Vi darò anche un bracciale per la pressione.» Lanciò uno sguardo a Natasha. «Sai usarlo, presumo...»

Lei annuì.

«Portiamolo fuori» disse Ravil. Usammo la barella e mettemmo uno dei sedili posteriori in avanti per appoggiare Nikolaj di piatto, come se stessimo trasportando legname. Natasha strisciò sul sedile posteriore rimanente, posizionato vicino alla sua testa.

«Tienilo comodo» ringhiai, lanciandole uno sguardo cupo prima di sbattere la portiera. Ordine totalmente inutile. Sapevo senza ombra di dubbio che si sarebbe presa cura di lui. Faceva parte della sua personalità. Ecco perché si era resa indispensabile per il veterinario, aveva portato il caffè a Ravil e aveva imparato tutto ciò che doveva per fare da infermiera a Nikolaj.

Tuttavia, non avevo intenzione di ammorbidire di nuovo il mio cuore nei suoi confronti.

Non potevo. Non quando le conseguenze erano così terribili.

~

Natasha

MI SVEGLIAI da quello che doveva essere stato un sogno, anche se rappresentava esattamente il presente. Ovvero, avevo sognato di essere sulla Land Rover, seduta accanto a Nikolaj, cercando di mantenergli la testa ferma in una curva. Il veicolo si alzò e urtò, e mi resi conto che era stato il passaggio su una strada sterrata a svegliarmi.

Secondo l'orologio luminoso del cruscotto, erano quasi le quattro del mattino.

Dima guidò altri dieci minuti o giù di lì, poi parcheggiò la Land Rover al buio.

Sbattei le palpebre mentre gli occhi si abituavano all'oscurità. Dima uscì senza dire una parola e sbatté la portiera. Andò verso l'edificio oscurato. Pochi istanti dopo, si accese una luce che illuminò un grande e avvolgente portico in legno. Le luci si accesero all'interno dello chalet, dando alle finestre un caldo bagliore giallo.

Non sono sicura che si potesse davvero chiamare chalet. Sì, era fatto di tronchi, ma era enorme e sembrava di nuova costruzione, nonché costoso.

«Siamo arrivati» dissi dolcemente a Nikolaj, anche se sembrava privo di sensi. Il medico aveva detto che gli antidolorifici l'avrebbero tenuto addormentato fino al mattino.

Scesi e aprii il portellone posteriore della Land Rover e feci scivolare la barella verso di me.

«Tu prendi quel lato.» Dima apparve dietro di me. Deglutii. Poteva essere difficile visto che eravamo solo noi due, ma potevo farcela. Almeno avevo il lato più leggero.

«Ok.» Afferrai la barella e indietreggiai.

Dima scivolò dentro per prendere l'altro lato e poi indietreggiò su per i gradini fin all'interno della porta, che aveva accostato. Seguii il suo esempio e mi ritrovai in un gigantesco soggiorno dai soffitti a volta. Mi condusse in quella che sembrava la camera da letto principale, con un gigantesco letto king size del quale aveva già abbassato giù le coperte.

Stavo iniziando a gemere per il peso, e Dima dovette accorgersene perché si mosse velocemente: fece scivolare la barella sul letto e prese la mia parte fino a quando l'intera barella non fu stabilizzata.

Poi fissò il fratello.

«Dovremmo farlo scivolar giù?» chiesi.

«Non lo so.» La stanchezza e la sconfitta nella voce di Dima mi fecero venire voglia di inginocchiarmi e urlare per quello che era successo al suo amato fratello.

Dovevo risolvere il problema. Far guarire Nikolaj. Strisciai sul letto accanto a lui in ginocchio. «Tienilo fermo; io vedo se riesco a farlo scivolare senza smuoverlo troppo.»

«Farlo scivolare. Certo. Beh, buona fortuna» mormorò Dima, ma posizionò i palmi sotto a Nikolaj, uno sui fianchi e l'altro sulla schiena. «Vai.»

Tirai. Non si mosse. Dannazione. Spostai tutto il peso indietro, e scivolò un po' in un sussulto. Rimasi senza fiato, ma il corpo di Nikolaj rimase relativamente immobile. Strattonai di nuovo con tutto il mio peso, e la tavola scivolò fuori. «Fatto» dissi inutilmente.

Forse volevo una lode o un ringraziamento o semplicemente un qualche tipo di riconoscimento, ma non giunse nulla. Dima fissava il fratello in modo freddo.

«Scegli una camera da letto del piano di sopra. Io resto con Nikolaj.» Ancora una volta ne percepii la stanchezza, e mi sentii stupida a volere qualcosa da lui. Certo, non aveva nulla da dare. E tutto per colpa mia.

Mi tolsi le scarpe con i tacchi alti – quelle che avrei voluto buttare in un lago profondo tanto mi facevano male i piedi – e le raccolsi per salire le scale.

Non avevo voglia di andare a letto, non prima di aver aggiustato le cose tra me e Dima. Volevo assolutamente sistemare la situazione. Ma ero troppo stanca per pensare lucidamente, e lui era ovviamente troppo arrabbiato per ascoltare.

Avrei sistemato tutto l'indomani.

Speravo.

CAPITOLO CINQUE

Dima

STAVO GUIDANDO *su un ponte ghiacciato. Alëna era accanto a me e parlava di amici. Del concerto che avremmo visto nel finesettimana. La visibilità era una merda perché nevicava, e non vidi le luci dei freni davanti a me fino a quando non fu troppo tardi. Premetti sui freni, il che ci mandò in testacoda. Ci schiantammo sul guardrail e sfrecciammo oltre il bordo, nel fiume ghiacciato. Alëna urlò e urlò, ma a quel punto era diventata Natasha. Natasha, coperta dal sangue di Nikolaj, con uno sguardo di orrore sul volto. E poi mi resi conto che Nikolaj giaceva incosciente sul sedile posteriore. Gli avevano sparato e non saremmo stati in grado di salvarlo perché ci stavamo schiantando sul ghiaccio. L'acqua filtrava attraverso i finestrini mentre l'auto affondava. Non era la mia macchina, era quella di Ravil... quanto si sarebbe incazzato perché gliel'avevo distrutta...*

«Che cazzo hai fatto?» chiese Nikolaj, svegliandosi e sedendosi. Stava guardando me, ma la pistola che aveva era puntata contro Natasha.

Mi girai e gli diedi un pugno in faccia. «Lasciala in pace. Non è colpa sua, è mia.»

CAZZO.

Mi svegliai, madido di sudore e sotto shock.

Trovai Nikolaj accanto a me, nell'oscurità, e avvicinai il viso per ascoltarne il respiro.

Era ancora vivo.

Grazie a Dio.

Era vivo, e ci trovavamo allo chalet. Avevo dormito solo un paio d'ore.

I miei sogni erano un pasticcio di traumi e sensi di colpa mescolati. Troppo caotici anche solo per cercare di uscirne.

Considerai l'idea di alzarmi – l'alba stava appena iniziando ad affacciarsi – ma non ero disposto a lasciare il capezzale di Nikolaj.

Come se rimanergli sdraiato accanto facesse differenza.

E invece no.

«Prosti, brat» mormorai nell'oscurità. *Scusami, fratello.*

Natasha

MI SVEGLIAI con la testa dolorante e un alito terribile e un senso di colpa che mi aggiungeva cinquanta chili al petto. Avevo dormito con il mio stupido abito da cocktail, che ora sembrava un'altra punizione.

La sera prima, un milione di anni fa, quando l'avevo indossato, mi ero sentita molto seducente.

Pensavo di impressionare Dima, ricordando le sue erezioni ogni volta che lo massaggiavo. Sperando che mi trovasse interessante e mi chiedesse di uscire, soprattutto vista la competizione. Ora avrei voluto tantissimo esserci andata con un paio di pantaloni da yoga e una canottiera. Almeno sarebbe stato un pigiama migliore. Non sopportavo l'idea di indossare quella roba per un secondo di più. Dire che non ero il tipo da abito da cocktail sarebbe stato un eufemismo. Vivevo in jeans aderenti e Converse.

Frugai i cassetti della camera in cui mi trovavo a caccia di una maglietta, ma non trovai altro che un set di lenzuola e federe di ricambio.

Non udivo alcun suono dal piano di sotto, e una parte di me avrebbe solo voluto continuare a nascondersi lassù. Non volevo affrontare Dima e la sua ira e qualsiasi punizione avesse pianificato per me mentre ero rinchiusa lì con lui.

Ma dovevo fare l'adulta. Tuttavia, scivolai giù per le scale il più silenziosamente possibile. Se Dima dormiva, lo avrei lasciato dormire. Sbirciai dalla porta aperta della camera e lo trovai sdraiato accanto a Nikolaj, addormentato. Non ero stata l'unica a dormire coi vestiti addosso.

Mi guardai intorno. La sera prima era buio e il mio cervello non funzionava. Oggi ero sbalordita dalla bellezza dello chalet. Era più simile a una villa nella foresta, davvero. Una grande sala con soffitti a volta sfoggiava finestre da parete a parete lungo un lato con vista spettacolare sul bosco. I mobili in pelle erano organizzati intorno al panorama e al camino, posizionato su un'estremità del salone. Sull'altra, un lungo tavolo rustico che l'open space della sala da pranzo si trovava accanto alla grande cucina ben attrezzata. Come avevo scoperto la sera, la scala curva conduceva a un lungo corridoio al livello superiore, con ringhiere che si affacciavano sulla grande stanza. Di sopra c'erano quattro stanze e due bagni.

Mi diressi in cucina per preparare una tazza di caffè il più silenziosamente possibile. Il frigorifero era vuoto tranne che per i condimenti, ma c'era qualcosa da mangiare nella dispensa. Scatolette. Un mix per pancake che richiedeva solo acqua. Un mezzo sacchetto di gocce di cioccolato. Avevo sicuramente bisogno di cioccolato, oggi.

Mi ficcai qualche patatina in bocca e iniziai a preparare pancake con gocce di cioccolato. Credevo fermamente nell'aggiunta del cioccolato a tutto, specialmente quando ero stressata.

Dima non si era ancora svegliato quando finii, quindi ne mangiai un paio, lamentandomi della mancanza di burro ma trovando però vero sciroppo d'acero da versarci sopra.

Poi, finalmente, smisi di temporeggiare e andai nella stanza di Nikolaj. Dovevo dargli le medicine con una nuova flebo, anche se non riuscivo a ricordare se avevamo preso i rifornimenti dalla Land Rover, la sera.

Feci un controllo superficiale della stanza, ma non li trovai.

Fuori trovai l'auto aperta; portai dentro lo scatolone con le provviste, che appoggiai delicatamente sul comò accanto a una pistola e agli occhiali di Dima. Non sapevo che Dima avesse una pistola. Ne avevo viste su Ravil e Maxim prima, ma mai su Dima.

La fissai per un momento.

«Tocca quella pistola, Natasha, e le conseguenze saranno pesanti.»

Mi girai; la rabbia salì come la bile. Dima era seduto sul letto, i capelli biondi arruffati, il viso non meno bello quanto crudele. Tastò il comodino senza distogliere lo sguardo da me e mi resi conto che stava cercando gli occhiali. Glieli passai. «Davvero, Dima? Cosa diavolo pensi che ne farei? Che ti sparerei? Che mi farei dare le chiavi per scappare?» Alzai le mani in aria con esasperazione. «Vivo nel tuo edificio. Mia madre vive nel tuo edificio. So che è colpa mia, ma affronterò la cosa con te. Non sono io il nemico.»

Dima fece oscillare le lunghe gambe giù dal letto e mi inseguì fuori dalla stanza senza rispondere.

Benissimo. Quindi adesso ricevevo il trattamento del silenzio. Grandioso.

Nikolaj gemette. «Beh, buona giornata del cazzo anche a voi, eh.»

«Nikolaj!» Rimasi senza fiato e mi precipitai al suo fianco. «Scusa. Probabilmente stai soffrendo. Dovevi prendere le medicine un paio d'ore fa.»

«Ecco spiegato tutto» disse debolmente.

«Dammi solo un minuto. Sono endovenose, quindi funzioneranno rapidamente.» Attaccai velocemente la flebo e l'antidolorifico alla cannula ancora nel dorso della sua mano e sbloccai la porta, come mi aveva mostrato il veterinario.

Le mani mi tremavano quasi come la sera prima, solo per quella piccola interazione con Dima, e dovetti impegnarmi per stabilizzare il respiro.

«Hai subito tutti i malumori di mio fratello» osservò Nikolaj.

«Ma dai…» mormorai mentre lavoravo. «E io che pensavo che voi due foste quelli rilassati.»

«Lo siamo. Lo eravamo. Non con te in giro, però.»

Ammiccai. Finito con la flebo, gli presi la temperatura e la annotai, come richiesto dal dottor Taylor.

«Sai cosa penso?» L'accento di Nikolaj era marcato. Sembrava un po' ubriaco dal dolore.

«Cosa?»

«Dima è impazzito più per il fatto che tu abbia portato un altro alla partita, piuttosto che per il fatto che mi abbiano sparato.»

Per un momento, il mio cuore si fermò. Poi palpitò e si mise a galoppare. «Sono sicura che non è vero» dissi, cercando di sembrare naturale mentre invece vacillavo. Un'altra conferma del fatto che avevo ragione. Dima era interessato a me. A giudicare da ciò che stava dicendo Nikolaj, era molto interessato a me. Quindi... che cazzo? Perché non aveva mai fatto nulla? Perché non mi aveva chiesto di uscire? Perché non ci aveva mai provato? Inserii il bracciale a pressione al braccio di Nikolaj e gli controllai i valori che segnai sul foglio.

«Mi dispiace che ti abbia sparato» mormorai, sempre lavorando. «Darei qualsiasi cosa per tornare indietro. Mi dispiace tanto.»

«Ti perdono» disse magnanimo. «È Su Dima che devi lavorare.»

Guardai verso la porta aperta, ma non sapevo dov'era andato. Ora che Nikolaj mi aveva fatto conoscere il suo segreto, che era interessato a me... quella consapevolezza mi nutriva, mi dava il coraggio di andare a cercarlo per spiegarmi. Meritava la verità.

DIMA

MI TROVAVO nell'ufficio di Ravil per esaminare le apparecchiature informatiche che avevo installato e capire se avevo tutto il necessario per avviare un'indagine su vasta scala su Alex.

«Dima?»

Bljad'. Non riuscivo ad allontanarmi da lei.

Mi girai e trovai Natasha in piedi sulla porta. Aveva ancora quel cazzo di vestito. Quello che mostrava ogni singola curva del suo corpo. La faceva sembrare un'adulta, una a cui avrei potuto fare tutte le cose sporche che spesso immaginavo di farle.

«Esci.»

Non potevo proprio avere a che fare con lei. Non ero pronto. Avevo bisogno di maggiori informazioni. Avevo bisogno di mettermi dietro a un fottuto computer!

Lei non ascoltò, però. Entrò, avvicinandosi sempre di più, abbastanza da farmi cogliere il suo profumo di zenzero e pesca. Quello che sembrava combinarsi con i bagliori rossi dei suoi capelli ramati.

«Sto male per quello che ho fatto. Ho fatto un casino. Ho... mmm... ho cercato di capire perché non sono stata chiara sul fatto che Alex sarebbe venuto alla partita.»

Digrignai i denti e finalmente sollevai il mio sguardo di ghiaccio verso il suo. Mi spinsi persino a fare qualche passo minaccioso nella sua direzione. Recepì la minaccia, indietreggiando verso il muro. Avrei voluto prendermi a calci in culo per averla spaventata, ma allontanarla – tenermi quindi lontano dal suo fascino – era imperativo. Non potevo permettermi di ammorbidirmi nei suoi confronti. Era già il mio più grande punto debole.

«Ma in realtà…» Intrecciò le dita all'altezza della vita; stava gesticolando in modo irrequieto come faceva sempre quando era nervosa. «Forse stavo cercando di ottenere una reazione da parte tua.»

Il mio cervello si agitò, incredulo. Natasha non era il tipo manipolativo. O almeno non credevo. Era dolce, onesta e generosa.

«Speravo che ti ingelosissi, di spingerti finalmente a fare una mossa.»

Mi sentii improvvisamente soffocare per l'impatto delle sue parole, che mi rimbalzavano in corpo. Sperava che… mi ingelosissi. E che facessi una cazzo di mossa. Accorciai la distanza tra noi, le afferrai la gola con la mano mentre la spingevo contro il muro. Spalancò gli occhi verdi, ma non ebbi il tempo di vederli dilatarsi perché schiantai la bocca sulla sua, prendendo tutto ciò che avevo voluto in tutti quei difficili mesi. Fu un bacio brutale. Una punizione per tutta l'agonia che mi aveva fatto passare. Per quello che mi stava ancora facendo. La leccai tra le labbra per colpirla con la lingua. Lasciai che i miei denti le raschiassero le labbra, le succhiai la lingua in bocca. Restituì il bacio con passione. Con molto più entusiasmo di quanto mi aspettassi o meritassi.

Beh, diavolo. Il cazzo mi si gonfiò contro alla cerniera. Il bacio divenne più selvaggio. Mi prese il cazzo, dando una stretta al contorno indurito contro i jeans. Io le afferrai il polso e la girai per metterla contro al muro e punirla con uno schiaffo forte al culo.

Rimase ferma, come aspettandosi di più.

Esitai. Era a quel punto che avrei dovuto tirarmi indietro. Spingerla fuori dalla stanza e sbattere la porta. Ma avevo ricavato una certa soddisfazione dallo schiaffo al culo. Una liberazione della lussuria repressa, della frustrazione e della rabbia che mi avevano investito portandomi al limite dell'esplosione.

Meritava certamente una sculacciata dopo quello che aveva fatto.

Io mi meritavo la liberazione.

Le schiacciai entrambi i palmi contro il muro e li fermai con la mano sinistra mentre ero occupato a schiaffeggiarle il culo con la destra.

Ansimò, stringendo il sedere, ma non cambiò la posizione. Le piaceva.

Dannazione.

Strofinai il rigonfiamento del cazzo contro una delle natiche mentre stringevo e impastavo l'altra grossolanamente. Il suo gemito espresse al cento per cento piacere femminile. Le tirai bruscamente l'orlo del vestito sopra alla vita, furioso quando vidi il piccolo perizoma infilato tra le natiche.

«L'hai indossato per lui?» Ringhiai, agganciando il dito sotto la stringa e tirando su per stringerle il tessuto contro il clitoride.

«No!» rimase senza fiato. «L'ho indossato in modo da non avere linee di mutandine con il vestito, solo per questo» si affrettò a spiegare. «E ho indossato il vestito per te.» La seconda parte le uscì più morbida, mi scivolò sotto le difese fin in gola, per poi ghermirmi il cuore e strapparlo.

Le schiaffeggiai il culo nudo, guardando le impronte delle mie mani affiorare, bisognoso di una distrazione dall'effetto delle sue parole.

«Non puoi indurmi in tentazione» ringhiai, sculacciando più forte di quanto volessi. Non volevo che si vestisse per me. Non l'avevo chiesto. Non potevo sopportare il mio fottuto desiderio, quando lo faceva.

Lei urlò per l'intensità, e io mi fermai a strofinare. Mi avvicinai, desideroso di maggiore contatto della mano sul suo culo. Strofinai il cazzo contro il suo fianco e infilai una mano giù, nella parte anteriore delle mutandine, e continuai a impastarle il culo accaldato con l'altra. Tenne le mani contro il muro, da brava. La frequenza del suo respiro usciva morbida e fresca tra di noi.

Le divisi le pieghe con il dito e scoprii che gocciolava, tanto era bagnata. Liscia di eccitazione, accesa come me. Non c'era modo di fermarsi ormai.

Darle una sculacciata senza poi liberarla sarebbe stata una forma di abuso, e io non ero quel tipo di ragazzo.

Quindi, anche se non avrei dovuto, anche se avevo giurato di non prendere mai un'altra donna, arricciai le dita, modellando il palmo intorno al suo monte di venere e infilando l'indice e il medio nel suo canale.

«Dima» gemette, come una tentatrice.

Una sirena che mi attirava verso la distruzione.

Era dolce come me l'aspettavo. Strofinai il palmo della mano sul clitoride mentre le davo un'altra sculacciata sul culo.

«*Dima.*» Il suo modo di dire il mio nome sarebbe stato la mia rovina. Avrei sentito quel gemito bisognoso e disperato echeggiarmi nelle orecchie quando avessi cercato di dormire, sotto la doccia, persino quando avessi respirato, cazzo, fino al giorno della mia morte. Feci scorrere il dito medio sotto la stringa del perizoma nella parte posteriore, per trovarne l'ano, premendolo e allo stesso tempo occupandomi del clitoride.

«Dima!» C'era dello shock nella sua voce, e i suoi fianchi si piegarono sotto le mie mani.

La manovrai da entrambi i lati, occupandomi del buco posteriore con i polpastrelli mentre lei ondulava i fianchi per portare le mie dita più in profondità nel suo canale stretto.

«Sto... st...» Venne su tutte le mie dita, i muscoli si strinsero e si rilasciarono, il pavimento pelvico si sollevò, l'ano si strinse.

«Oh mio Dio!» Chiusi le labbra per contrastare la serie di lodi di cui avrei voluto inondarla. Non che non le meritasse tutte. Non avevo mai visto in vita mia nulla di così spettacolare come l'orgasmo di Natasha.

Ma Natasha non era la mia amante. Non era la mia ragazza. Non era nulla per me.

Per evitare che le cose si facessero intime, tolsi le dita nel momento in cui aveva finito. Quasi come anticipando il mio distacco frettoloso, all'istante si girò velocemente per prendermi ancora una volta il cazzo, dolorante e pesante nei jeans.

«No.» Le afferrai il polso, ma lei stava già scendendo in ginocchio, e improvvisamente mi fermai, paralizzato dalla vista.

Dall'idea.

Voleva succhiarmelo.

Non potevo permetterglielo. Assolutamente no. Ma mi stava già sbottonando i pantaloni, liberando un'erezione molto dolorosa.

E cazzo, ce l'avevo duro per quella ragazza dal momento in cui l'avevo conosciuta.

Ne avevo bisogno.

Se non l'avessi lasciata fare, non avrei potuto smettere di pensarci. E così avrei preso decisioni più stupide, quando si fosse trattato di lei.

Sì, avrei dovuto solo lasciarle fare le sue cose. Fare in modo che uscisse dal mio sistema, così da poter finalmente rilasciare e lasciarla andare.

Mi afferrò il cazzo e mi leccò la cappella, stuzzicando la pelle con la lingua.

Un brivido di piacere mi fece traballare. Avevo bisogno di levarle i capelli dal viso in modo da poterla guardare, in modo da poter vedere l'incredibile spettacolo di quelle labbra rosa imbronciate avvolte intorno al mio membro pulsante.

Alzò lo sguardo verso il mio viso mentre succhiava forte, facendo scivolare la cappella nello spazio della guancia. Le afferrai i capelli nel pugno e li usai per guidarla sul cazzo. Girò la testa in un verso e nell'altro, facendomi impazzire.

«Cazzo.» Stavo già per venire. Era da una vita che non avevo la bocca di una ragazza su di me. Dai tempi in cui mi scopavo qualsiasi cosa che non fosse il mio pugno. E dannazione, ogni volta che l'avevo fatto nell'ultimo anno era stato tenendo l'immagine del suo bel viso nella mente. «*Malyš*.» Non intendevo lasciar trapelare dell'affetto dalle mie labbra, ma come potevo non mormorare *tesoro* quando mi stava trattando come un fottuto re? Quando mi massaggiava le palle, e poi più indietro, cercando la mia ghiandola prostatica?

Mi annullò. Ricordai ogni straziante massaggio subito immaginando esattamente quel momento. L'esperienza delle sue manine nel trovare tutti i posti in cui le volevo. E quant'erano magiche ora, mentre mi tiravano il cazzo, allungandolo e ispessendolo sulla sua lingua…

Gridai, le palle si strinsero, le cosce iniziarono a tremare. «*Bože moj!*» Gridai, perdendo il controllo. Le tenni la testa in posizione e spinsi dentro e fuori dalla sua bocca, poi mi tirai fuori poco prima di venire, con l'intenzione di farlo nel pugno. Lei mi tirò indietro i fianchi, però, ed estrasse la lingua per catturare la mia essenza.

Riuscii solo a fissarla in totale shock. La dolce e angelica Natasha, con la simpatica aria della ragazza della porta accanto, mi aveva appena succhiato il cazzo come una pornostar. Sapere che aveva fatto pratica – un bel po' di pratica – mi fece venire voglia di torcere il collo di ogni ragazzo che avesse mai toccato. Soprattutto di Alex, anche se aveva giurato di non aver fatto sesso con lui.

«*Gospodi*, Natasha.» Il mio gemito stupito le fece sollevare i grandi occhi verdi sul mio viso. Piuttosto che la meritata fiducia che irradiava dal suo volto, quello che vidi fu molto più paralizzante per la mia già disinnescata forza di volontà: adorazione pura. Mi guardava come se pensasse che le *spettasse* stare in ginocchio ai miei piedi per regalarmi il miglior pompino della mia vita. Come se adorare il mio cazzo fosse un dono per lei, non una punizione. Il senso di colpa che mi inondò fu paralizzante.

Non solo per il tradimento della memoria di Alëna, ma anche per aver giocato con Natasha. Non se lo meritava.

Mi infilai il cazzo nei jeans e chiusi la cerniera con un passo indietro. «Cazzo. Non avrei dovuto...» mi interruppi, scuotendo la testa. «Non intendevo farlo.» Tornai verso la porta, incapace di distogliere lo sguardo dal disastro che avevo combinato, sulla base dell'espressione inorridita di Natasha. «Scusami, è stato un errore.»

CAPITOLO SEI

Natasha

CHE CAZZO, ma era serio?

Sentii la porta d'ingresso chiudersi e poi la Land Rover partire.

Ma per davvero? Dima stava letteralmente scappando?

Il viso mi bruciava mentre mi rimettevo in piedi e sistemavo lo stupido abito da cocktail lungo i fianchi. Il culo formicolava e bruciava a causa del palmo di Dima, cosa che mi lasciava la pancia ancora sottosopra per l'eccitazione. Non avevo mai raggiunto l'orgasmo grazie alle dita prima, e quella, stranamente, era stata l'esperienza sessuale più erotica che avessi mai avuto. Non che avessi chissà quanta esperienza – dopotutto vivevo ancora con mia madre. Rimasi lì, sbalordita, a riavvolgere e rivedere il nostro incontro.

Pensava che fosse un errore.

Perché?

Che errore poteva mai esserci nell'ottenere un sollievo sessuale ovviamente tanto necessario da me?

A meno che... non ci fosse un'altra.

Ma come poteva essere? Non l'avevo mai visto con una donna. Viveva da solo nella suite attico. Aveva lasciato una in Russia? Forse non poteva tornare indietro perché lì era ricercato.

La cosa avrebbe spiegato perché mi trattava come una tentazione malvagia, una cosa che voleva ma non poteva avere. Qualcuno per cui provava risentimento per tanta attrazione.

Non puoi indurmi in tentazione.

Per una qualche ragione, la sottile fascia d'oro che indossava al mignolo fluttuò nella mia mente e lo stomaco mi si contorse. Si poteva chiamare intuito femminile. Un intuito istintivo, per certi versi. Improvvisamente capii che gliel'aveva dato lei. Chiunque fosse. E la odiavo per il fatto di essere la persona che gli teneva in pugno il cuore.

La rabbia verso Dima ribolliva, e io andai in cucina a spazzolarmi i pancake. Buttai nella spazzatura quelli che avevo conservato per lui. Poteva cavarsela da solo, cazzo. Entrando in una frenesia di rabbiose pulizie, pulii la cucina fino a quando non fu immacolata; non che prima della preparazione della colazione non lo fosse già.

Poi mi diressi al piano di sopra e feci una doccia.

Certo, non avevo ancora vestiti con cui cambiarmi, fatto che stava davvero iniziando a irritarmi. Perché non potevo rimanere bloccata in uno chalet con un paio di pantaloni da yoga e una comoda t-shirt? Perché proprio con un abito da cocktail aderente e che mi limitava nei movimenti e nella respirazione? Indossai nuovamente quella dannata cosa e scesi al piano di sotto. Ero davvero, davvero fuori di testa, ora.

Di solito ero la compiacente di qualsiasi gruppo, quella

che cercava di assicurarsi che tutti fossero a proprio agio e felici, ma dopo essere stata umiliata da Dima era la rabbia il mio punto fermo. O quella o avrei pianto, soddisfazione che non gli avrei dato.

Controllai di nuovo Nikolaj. Stava dormendo quando avevo finito di pulire la cucina, ma ora era sveglio. Gli portai un bicchiere d'acqua con una cannuccia e gliela tenni vicino alla bocca, in modo che potesse sorseggiare. «Hai fame? Il dottore ha detto che oggi posso darti brodo o succo e da domani cibi morbidi.»

«*Net.*»

«Ok, dimmi quando ti viene fame. Ti porto qui un televisore?»

«No. Dormo ancora un po'. Dopo che mi avrai detto cos'è successo.»

«Scusa?» Presi il bracciale a pressione e glielo infilai al braccio, guardando il quadrante.

«Cos'ha fatto Dima?»

Odiavo il fatto che la mia faccia si surriscaldasse. Impossibile per una rossa nascondere un rossore. «Niente» scattai, e il ricordo di ciò che avevamo fatto mi surriscaldò di nuovo il nucleo. Allontanai i pensieri erotici e li seppellii sotto la mia rabbia. «Se n'è andato. Non so dove.» Appuntai la pressione sanguigna sul foglio che il veterinario mi aveva dato, poi passai alla temperatura.

«Ha fatto il *mudak*?» chiese Nikolaj mentre gli posizionavo lo scanner sulla fronte.

«Sì» respirai. «Un cazzone totale.» La temperatura non era elevata, quindi non la scrissi. Mi allontanai da Nikolaj per trafficare con l'attrezzatura. Avrei potuto chiedere a lui dell'altra. Dell'anello. «Ehm... Dima ha una ragazza?»

«No. Assolutamente no.»

Ah. Mi girai. «Perché assolutamente no?»

Nikolaj chiuse le palpebre, e la testa gli ricadde sul cuscino. «Questa storia te la deve raccontare Dima» disse.

Argh. «Quindi *non* è disponibile?»

Nikolaj rifletté. «È quello che ti ha detto?»

«Più o meno.»

Nikolaj scosse la testa. «Cazzo.»

«Non hai risposto alla mia domanda.» Di solito non ero spavalda o invadente, ma mi sentivo come appesa alla sanità mentale con una corda. Dovevo sforzarmi di ritrovare un po' di equilibrio.

«Immagino che la pensi così» borbottò. Iniziò a chiudere le palpebre. Sospirai e lo guardai addormentarsi. E poi non ebbi idea di cosa fare di me stessa.

Andai a sistemare l'altro lato del letto, dove dormiva Dima. Come un'idiota, abbassai la faccia sul cuscino e respirai il suo pulito profumo maschile.

Nikolaj non si mosse. Vedendolo lì così pallido, con i vestiti tagliati per l'operazione e i restanti brandelli ancora un pasticcio di sangue secco, nonché le mani gonfie di ritenzione liquida per via della flebo, fui scossa da un'altra ondata di senso di colpa. Di paura. Cosa sarebbe successo se Nikolaj fosse morto? Se fossi stata responsabile dell'aver privato Dima dell'unica persona che amava al mondo? Odiavo il fatto di essere stata così credulona. Che Alex mi avesse usata. Strisciai sul letto accanto a Nikolaj e gli presi la mano senza flebo. Col tocco leggerissimo usato per il drenaggio linfatico, iniziai a massaggiare il fluido, su per il braccio e nella direzione del cuore. Magari non era molto, ma su questo potevo aiutarlo.

Forse.

Dima

. . .

NELLA LAND ROVER, collegai il telefono scarico di Natasha al caricabatterie. La sera prima, dal veterinario, avevo disabilitato il monitoraggio, ma ero incazzato con me stesso per non averlo guardato prima. Avessi avuto la testa lucida, non sarei andato a letto senza leggere ogni messaggio che c'era e indagare a fondo su ogni informazione possibile.

Il viaggio verso il negozio più vicino durò venticinque minuti. Era una stazione di servizio / minimarket per escursionisti e campeggiatori, quindi aveva robaccia a caso come repellenti per zanzare, cappellini e magliette. Presi latte, uova, pane e altri alimenti di base, poi delle magliette. Avevo addosso ancora la maglietta intima, macchiata dal sangue di Nikolaj. Quando l'impiegato la fissò, guardai in basso e feci una smorfia.

«Incidente di caccia» gli dissi.

Quando tornai in macchina, il telefono si era caricato abbastanza da accendersi e controllai chiamate e messaggi. Uno di Alex alle sei di quella mattina, una telefonata un'ora prima. Il testo era semplice, diceva solo: *Stai bene?* Ascoltai la segreteria telefonica.

«Natasha, ho bisogno di sapere se stai bene. *Cazzo!* Per favore, fatti sentire il prima possibile.»

Mudak. Che voglia di tagliargli le palle e ficcargliele in gola. Risposi con una singola parola: *sì.* Dubitavo che fosse abbastanza stupido da accettarla, dal momento che sarebbe potuta facilmente – ed era così – provenire da qualcun altro, ma nessuna risposta avrebbe potuto rendere quello stronzo più fastidioso. Poi mi resi conto che avrei potuto ottenere di più da lui, e aggiunsi *Non grazie a te.*

Non sapevo che cazzo ne avremmo fatto di lui. Dei federali. Anzi, una domanda migliore poteva essere cos'avevano loro intenzione di fare con noi. Avevo messo una telecamera in funzione nella stanza d'albergo, quindi era stato tutto registrato. Se Alex avesse affermato che si era trattato di autodifesa e che era stato Nikolaj a tirar fuori per primo la pistola, avrei potuto dimostrargli che si sbagliava.

Ma l'istinto diceva che avrebbe evitato l'incidente della serata tanto quanto noi. Era giovane, e in una frazione di secondo aveva preso una decisione che alla fine si era rivelata sbagliata. Non credevo che sapesse cosa stava facendo. Insomma, c'era qualcosa che non quadrava.

Tornai allo chalet. Mentre mi alzavo e uscivo dall'auto, mi venne in mente un pensiero nauseante. Natasha avrebbe potuto provare a fuggire. Non aveva un'auto, ma avrebbe potuto essere abbastanza coraggiosa o disperata da provare a uscir di lì in cerca di un altro rifugio o per fare l'autostop sulla strada forestale principale.

Non ci avevo pensato quando me ne era andato perché era la fottuta Natasha, e mi aveva accecato di nuovo con il mio desiderio per lei. Non mi pareva da lei esser tanto volitiva e fuggire – aveva accettato l'ordine di Ravil di venir lì ad accudire Nikolaj con garbo totale – ma, nel caso, sapevo di chi era la colpa.

Mia.

Ero stato io a comportarmi come un totale bastardo con lei.

Dimenticai la spesa e scattai verso la porta, che spalancai e da cui feci irruzione. Scrutai rapidamente il soggiorno con uno sguardo ampio. Nessun rumore in cucina. Corsi nella stanza di Nikolaj e poi mi congelai; il mio cuore mi soffocò in gola, ma per un motivo diverso.

Natasha era *a letto con il mio gemello.*

E gli teneva la mano.

«Che cazzo stai facendo?»

La serenità sul suo viso evaporò all'istante, e mi odiai per averle dato un'occhiataccia.

«Sto lavorando sulla ritenzione idrica che ha sul braccio. Che problema hai?»

Scossi la testa, indietreggiando. «Niente» mormorai. «Nessun problema.» Mi si strinse il petto. Stava lavorando sulla ritenzione idrica del braccio. Ma certo. Natasha era una guaritrice, era quello che faceva. Non era altro che un concentrato di gentilezza e generosità.

Ero io il coglione che le aveva fatto succhiare il cazzo e poi se l'era filata.

O forse no.

Avrebbe potuto non essere così innocente. Avevo bisogno di abbandonare tutte le mie opinioni personali su di lei e scavare nei dati.

I dati non mentivano. Deglutendo forte, tornai alla Land Rover per portar dentro la spesa.

Mentre la mettevo via, Natasha entrò in cucina.

«Posso farlo io» disse a bassa voce.

Mi girai per guardarla, ma non risposi. Non volevo accettare la sua dolcezza.

Da un lato, era una punizione. Era lì per servire lei, per compensare l'incidente che aveva contribuito a causare. Ma non sopportavo di ricevere il suo aiuto. Perché sapevo che poi ne avrei voluto di più.

Molto di più, cazzo.

Avrei voluto tutto.

E non potevo permettermelo.

Continuai a mettere via le cose, e lei si unì a me senza invito.

«Nikolaj è stato sveglio per un po'. Non ha voluto né brodo né succo.»

Il veterinario aveva detto che la flebo conteneva elettroliti e sostanze nutritive oltre alle medicine, quindi non ero preoccupato per la mancanza di fame.

Continuai a non rispondere. La odiavo perché cercava di fare conversazione. Odiavo me stesso per essere tanto stronzo.

«Questa maglietta è per te. Non avevano né pantaloncini né pantaloni.» Lanciai la maglietta più piccola nella sua direzione. «Ci sono anche uno spazzolino da denti e dentifricio. E un pettine. Usi il pettine?» *Gospodi*, perché sembrava così intimo chiederle di come si curava i capelli? Non stavamo mica andando a convivere. Era mia prigioniera, cazzo.

Tenne in mano la maglietta bianca che aveva la stampa di una barca e le parole, *preferirei pescare*. «Wow. Mi starà benissimo. Grazie» ironizzò freddamente.

Cercai di non guardarla, perché altrimenti avrei notato – per l'ennesima volta – quant'era sexy in quel vestito che le abbracciava le curve e che indossava da diciotto ore. E che le avevo sollevato sui fianchi poche ore prima. E che aveva detto di aver indossato per me.

Con quello addosso era una dannata tortura per me. Speravo che la brutta maglietta rimediasse.

«Hai ancora il mio telefono?»

«Sì.» Non guardai nella sua direzione. Riscaldai una padella per cuocere le uova. Non avevo fame quel mattino, ma ormai ero ancora più irritabile di quando me ne ero andato.

«Posso riaverlo?» Mi venne vicino – troppo vicino – e tese la mano. Non guardai verso di lei.

«No.» Lasciai cadere un po' di burro nella padella. Senti il suo respiro corto. L'onda di shock che la attraversò.

«Perché no?» chiese. Il tono era sulla difensiva.

«Perché devo controllarlo. E sì, il tuo *amichetto* ti ha chiamato e scritto per assicurarsi che stessi bene.» Ruppi tre uova e le lasciai cadere nel burro, poi le riempii di sale. Cazzo. Mi aspettavo una reazione sulla questione dell'amichetto, ma non ne ottenni. Invece si mise le mani sui fianchi e mi scrutò.

«Dopo il controllo posso riaverlo?»

Esitai, poi ricordai la paura che fuggisse. «No.»

Emise un respiro misurato, come cercando di mantenere la calma. Non l'avevo mai vista dare di matto e, per una qualche ragione, l'idea me lo fece venire duro. Cosa c'era di sexy in una donna arrabbiata? Solo quella fiamma di passione che gli uomini immaginavano di scambiare per carica sessuale? O era il desiderio di domarla, di prenderne il controllo? Di padroneggiarla e farla implorare?

«Perché no? Pensi che chiamerei qualcuno per chiedere aiuto? Pensi che proverei a scappare? E dove dovrei andare? Vivo nel tuo edificio, non è che possa nascondermi.»

«E tua madre è opportunamente fuori dal Paese, in questo momento.»

Il suo sussulto di shock non poteva essere finto. Ma comunque non mi fidavo del mio giudizio quando si trattava di lei. Prese una spatola dallo scolapiatti. Per un secondo, pensai che avesse intenzione di usarla come arma contro di me, ma invece la inclinò verso le uova e sollevò il mento. Ah cazzo. Stava controllando le uova, che stavano diventando croccanti intorno ai bordi. *Odiavo* la sua premura. Rendeva difficilissimo combattere la parte di me che voleva tutto di lei. Capovolsi le uova e recuperai un piatto. «Davvero, Dima?» Anche il dolore sul suo viso sembrava genuino. «Credevo mi conoscessi meglio di così. Io e mia madre facciamo come vuole Ravil. Abbiamo chiuso un occhio quando ha tenuto Lucy lì contro la sua volontà. Abbiamo finto anche di non parlare inglese. Io le ho fatto i massaggi e mia madre le ha fornito cure mediche. Abbiamo curato la ferita da proiettile di Oleg senza fare domande. Pensavo che ormai ti fidassi di noi.»

«È stata la mia fiducia in te che ci ha infilati in questo pasticcio o sbaglio?»

Si girò dall'altra parte. «Non sapevo che fosse un federale e non ero a conoscenza del suo piano per infiltrarsi.» Aveva la voce tranquilla ma caparbia. Avrei dovuto dirle che le credevo. Perché ero quasi sicuro che fosse sincera. Ma comunque… non potevo fidarmi del mio giudizio. Avevo bisogno di guardare i dati. Seguire le piste. Avevo bisogno di stare seduto dietro uno schermo, l'unico posto in cui sapevo vivere.

«Quindi sono tua prigioniera.» Era un'affermazione, non una domanda. Le passai accanto per sedermi al lungo tavolo rustico da fattoria per mangiare le uova.

«Vedila più come una detenzione. Sei qui come conseguenza. Stiamo ancora esaminando gli elementi cruciali di ciò che è accaduto»

«Tu li stai ancora esaminando.» Prese la maglietta e gli articoli da toeletta e uscì a piedi nudi. «Non troverai nulla su di me.»

Girai il collo per guardarla salire le scale.

Speravo davvero che avesse ragione, cazzo.

CAPITOLO SETTE

Natasha

SALII NELLA MIA STANZA, ma il crepitio delle gomme dell'auto sulla strada sterrata mi fece avvicinare alla finestra.

Vidi Mxim, Oleg, il gigantesco sicario bratva, e Story, la sua fidanzata musicista, scendere da un suv. I capelli di Story avevano cambiato colore da quando l'avevo vista la settimana precedente. Invece di essere completamente platino, il suo caschetto adesso era accentuato da due audaci ciocche di un bellissimo magenta nella parte anteriore.

Oleg portava con sé un frigo portatile e Maxim una cassa di plastica piena di quelli che sembravano fili e cavi o altre apparecchiature elettroniche.

Sentii la porta aprirsi e richiudersi e i toni scontrosi di Dima prima che si dirigesse verso il suv. Sarei dovuta scendere al piano di sotto ma esitai, a disagio. Non sapevo come mi vedessero al momento. Aprii la mia porta senza far rumore e rimasi in piedi affacciata alla ringhiera delle scale, a guardar giù. Non mi videro.

«Non avevo mai visto Dima così sconvolto. Nikolaj è messo così male?» chiese Story dal soggiorno. «Pensavo che Ravil avesse detto che sarebbe guarito.»

Maxim grugnì. «È possibile che l'umore di Dima sia dovuto più a una certa rossa che gli è entrata sottopelle.» Fece capolino nella stanza di Nikolaj.

«Ehi.» Sollevai una mano impacciata e scesi le scale.

«Ehiiii, ragazza. Come stai?» Story mi strinse in un abbraccio quando raggiunsi il fondo delle scale, e mi sentii immediatamente meglio.

«Non benissimo» ammisi.

«Siamo passati a dare da mangiare al tuo gatto prima di venire. Come si chiama?»

«Mister Whiskers. Grazie mille.»

Mi squadrò dall'alto in basso. «Scusami, avrei dovuto pensare di portarti dei vestiti. Abbiamo portato del cibo, però.»

Tirai su quello stupido vestito. Non avevo indossato la maglietta della pesca, dal momento che non avevo dei pantaloncini con cui indossarla. Almeno avrei potuto usarla come camicia da notte la sera, però.

«Sì. Fra un po' faccio un buco in una federa, per indossarla.»

Story sorrise. «Sono sicura che staresti bene anche con una federa, e sono abbastanza brava con le forbici, se vuoi provare.» Si indicò i leggings neri, che avevano tagli casuali su per le cosce e lungo i lati dei polpacci, a svelare la pelle pallida.

Era sempre un po' punk, ma sotto gli abiti della contro-cultura era bella come una modella, il che la rendeva affa-scinante. Forse era proprio per quello che Oleg si era innamorato di lei. Era ossessionato dal vederla esibirsi sul palco.

Dima tornò con un'altra scatola apparentemente piena di apparecchiature informatiche, e lui e Maxim si chiusero in ufficio.

Story si diresse verso la cucina. «Abbiamo portato alcune cose da mangiare, anche se Dima dice di aver già fatto la spesa.» La seguii in cucina, dove Oleg aveva messo il frigo, e l'aiutai a scaricare il cibo. Erano cose buone, molto più degli alimenti basilari comprati da Dima. Un paio di sacchetti di mix di insalata, verdure fresche e frutta, dei salumi per panini e un pollo arrosto.

«È fantastico, grazie.»

Mi toccò il braccio. «Ehi. Sta succedendo qualcosa tra te e Dima? Sembrava teso.»

Le rigirai la domanda. Avevo bisogno di informazioni. «Perché tutti pensano che stia succedendo qualcosa tra di noi?»

Story diede un'occhiata a Oleg, che aveva scostato una sedia dal tavolo per sedersi. Fece spallucce. «Non lo so, sembrava interessato a te» disse Story. «Mi sbaglio?»

Avendo deciso di aver veramente bisogno di un paio di chiacchiere tra ragazze, indicai la porta d'ingresso con la testa. «Ti va di uscire per un minuto?»

«Certo.» Mi seguì immediatamente, senza esitare né chiedere il permesso. Non sembrava sapere né pensare che fossi una prigioniera. Ma dubitavo che facesse parte della bratva. Le era solo capitato di innamorarsi di uno dei membri, il suo gigantesco e muto protettore. Il ragazzo che la guardava come se fosse più bella della luna stessa. Uscimmo sul portico anteriore e ci sedemmo sui gradini.

«Sono davvero molto confusa. Potrei aver bisogno di un'altra opinione» ammisi.

«Ok, dammi lo scoop.»

«Insomma, anche io pensavo che Dima fosse interessato. Lo sembrava. Aveva prenotato dei massaggi e mi dava grosse mance. Ma è stato allora che le cose sono diventate strane.»

«Strane come?»

«Non riusciva a rilassarsi. Aveva erezioni per tutto il tempo ed è diventato progressivamente più scontroso a ogni sessione. Pensavo che fosse attratto da me, ma non mi ha mai chiesto di uscire. E ti ricordi quella volta che sono venuta al tuo concerto?»

«Certo. Siete venuti insieme, giusto?»

«No! È questo il fatto. Gli ho chiesto se ci andava. Volevo crearmi un appuntamentino casuale, sai. Ma lui mi ha detto di no. E poi si è presentato comunque e ha fissato tutti quelli con cui ho parlato: è stato così strano…»

Un lento sorriso si aprì sul volto di Story. «Ovviamente ha una cotta per te.»

Mi mordicchiai il labbro. Volevo dirle il resto, tutto. Stavo morendo dalla voglia di avere un consiglio. «Siamo stati insieme questa mattina. Ma poi ha detto che è stato un errore» sbottai. Il suo sorriso svanì. «Ah. Che schifo.» Mi strinse in un abbraccio di cui non sapevo di aver bisogno. Dovetti combattere le lacrime, o sarei scoppiata a piangere.

«È stranissimo. Davvero… cioè, non so cosa sia successo a Nikolaj e non dovrei saperlo, ma si tratta di questo?»

«Non lo so. Forse. Ma sembra più che abbia una ragazza in Russia o qualcosa del genere. Ne hai sentito parlare?»

«Posso chiedere a Oleg. Tutto quello che so è che il motivo per cui Dima ha prenotato un massaggio con te era perché Nikolaj aveva detto che stava per farlo. Dima era davvero incazzato con lui, mentre di solito è molto accomodante… sapevo che stava succedendo qualcosa.»

«Cosa?»

«Magari stanno litigando per te. Come se piacessi a entrambi, quindi forse Dima ti lascerà a Nikolaj… o magari hanno deciso entrambi di lasciarti stare? Non lo so, sto solo ipotizzando.»

Ripensai alla conversazione avuta con Nikolaj quella mattina. Non mi era sembrato che mi volesse. Ma poi, in effetti, mi aveva incalzata per avere informazioni su ciò che era successo tra di noi. E Dima sembrava incazzato quando era entrato e io stavo massaggiando la mano di Nikolaj. Poteva aver ragione Story? Ma era pazzesco! La porta si aprì e Maxim e Oleg uscirono.

«Già andiamo via?» chiese Story sorpresa. Oleg annuì. Mi diede un altro rapido abbraccio. «Non ti preoccupare, mi prenderò cura di Mister Whiskers. E se qualcuno torna di nuovo, ti preparo una borsa di vestiti.»

«Grazie.» Io e Story non eravamo molto intime, ma sembrava che avremmo potuto esserlo. Una volta tornata, sempre che fossi riuscita a superare tutto questo, avrei cercato più spesso la sua compagnia. Sarei andata ai suoi spettacoli. Magari avrei assistito alle prove della band: a quanto sapevo ora avevano lo studio nell'edificio. Mi alzai e tornai dentro, sentendomi molto meglio. Niente batteva un'amica con cui parlare, anche quando non veniva risolto nulla. Ma forse una cosa era stata risolta. Ero certa che Dima era interessato me.

Quindi non dovevo nascondermi come un coniglietto spaventato.

Avevo del potere, e avevo intenzione di usarlo.

DIMA

Non appena accesi e configurai il computer in modo che non fosse tracciabile, feci una videoconferenza con il dottor Taylor per mostrargli la ferita di Nikolaj e aggiornarlo, poi iniziai a hackerare. Alex Volkov si sarebbe pentito di aver fatto rotto le palle alla mia famiglia. Controllai il telefono di Natasha e scoprii che l'aveva chiamata di nuovo e che aveva risposto al mio messaggio.

Scusa, diceva. *Non pensavo che le cose si sarebbero messe tanto male. Per favore, chiamami, così ti spiego.*

Ancora niente che cancellasse completamente i dubbi su Natasha.

Non risposi. Avrei dovuto pensare a qualcosa da dire per indurlo a rivelare di più, ma prima dovevo fare i compiti: seguire ogni traccia che fossi riuscito a trovare per svelare ogni segreto custodito da Alex.

Iniziai il cyberstalk. Non c'era molto. La madre non sposata lo aveva dato alla luce a Champagne, Illinois, sei mesi dopo il trasferimento negli Stati Uniti da Mosca. Non era segnato nessun padre sul suo certificato di nascita, ma era presumibilmente russo dal momento che lei non aveva mai lasciato il Paese prima del viaggio negli Stati Uniti. La donna aveva l'equivalente di un Master in letteratura russa e aveva insegnato russo e letteratura russa all'Università dell'Illinois Champaign-Urbana e poi all'Università di Chicago. Non riuscivo a trovare alcuna prova che qualcuno avesse smosso le acque per farle ottenere un lavoro, ma aveva abbastanza soldi per assumere un avvocato per gestire i documenti di immigrazione. Non trovai prove di problemi finanziari né depositi nascosti di ricchezze.

La copertura di Alex era vera, a parte il falso nome e la bugia sul suo lavoro. Aveva una laurea in diritto penale ed era stato assunto appena uscito dal college dall'FBI. Probabilmente la conoscenza del russo aveva aiutato, specialmente con l'aumento delle cellule di *mafia* russa in tutto il Paese.

Probabilmente lo avevano reclutato appositamente per infiltrarsi in una di queste. Ebbi una sensazione di malessere nello stomaco quando ammisi il pensiero che stavo cercando di allontanare. E se lo avessero assunto appositamente per infiltrarsi da *noi*? Cosa volevano da Ravil? Da noi? Sicuramente più che colpire la partita di poker settimanale, anche se Nikolaj spostava enormi quantità di denaro come bookmaker. Accettava scommesse su ogni sorta di cose, online attraverso i siti web oscuri che avevo creato io e di persona. Avevo bisogno di hackerare l'FBI, il che non era semplicissimo. Le informazioni venivano conservate dietro livelli e livelli di firewall. Ma avrei dovuto provare. Impostai alcuni programmi per iniziare ad abbattere i firewall, poi passai a perseguitare la mia bella prigioniera.

Mi venne duro solo a ricordarne l'aspetto in ginocchio quella mattina, le labbra avvolte intorno al mio cazzo. Quanto era sembrata disponibile, cazzo... ero stato uno stronzo ad averglielo permesso. Il più grande *mudak* esistente, ma trovavo difficile esserne dispiaciuto.

Anche se non potevo avere Natasha, non avrei voluto rinunciare a quell'esperienza. Ero contento di poter andare nella tomba sapendo cosa voleva dire aver visto Natasha venire.

Dio solo sapeva quanto ci avevo fantasticato su.

Cercai a fondo informazioni sul viaggio della madre in Russia, ma tutto sembrava totalmente sopra le righe. Stava con la sorella a San Pietroburgo. Non vedevo alcuna prova che si fosse nascosta o avesse cercato di scomparire... non che si potesse scomparire da me.

«Hai fame?» Il suono della voce morbida di Natasha mi fece allungare il cazzo lungo la gamba. Cercai di ripescare un po' della mia rabbia precedente nei suoi confronti per proteggermi dal suo fascino.

«No» scattai, ma commisi l'errore di girarmi per guardarla. Si bloccò sulla porta, dove teneva in mano un piatto con due panini, con un misto di shock e dolore sul viso espressivo.

«Sì» cambiai idea quando iniziò ad allontanarsi. «*Spasibo*.» La ringraziai e tesi la mano per il piatto, cercando di non guardarla in faccia perché non sopportavo quello che la sua bellezza mi faceva. Volevo tirarmela sulle ginocchia, strofinarle il naso sul collo e lenire tutta la durezza che le avevo inflitto, non solo da quando Nikolaj era stato colpito ma da quando aveva iniziato a farmi massaggi. Da quando aveva sfondato lo scudo che usavo per mantenere una distanza di sicurezza da qualsiasi relazione emotiva o sessuale. Lei guardò lo schermo oltre la mia spalla, e non mi preoccupai di nasconderlo.

«Stai perseguitando mia madre.» Sembrò offesa.

«Te l'avevo detto che dovevo dare un'occhiata alla tua storia, *amerikanka*.»

Aggrottò le sopracciglia. «E…?»

Feci spallucce. «Sto ancora indagando.»

Diedi un morso al panino che aveva fatto, aspettandomi che uscisse, ma non lo fece. «Uno era tuo?» chiesi a bocca piena indicando il secondo.

Fece spallucce. «Posso farmene un altro. Non sapevo quanti ne avresti mangiati.»

Gospodi, che stronzo che ero.

Agganciai il piede alla gamba della sedia da ufficio in cui si era seduto Maxim e la tirai più vicino. «Siediti.»

Dannazione.

L'avevo davvero invitata a sedersi con me? A cosa stavo pensando? Ero già troppo ossessionato dai ricordi della punizione del mattino.

Mi ci riportò, precipitandosi per sedersi ancora più vicina a guardare il mio schermo mentre prendeva il secondo panino. Lo tenne con entrambe le mani ma non diede un morso.

«Cosa succederebbe se scoprissi che sapevo di Alex?»

Girai di scatto la testa per fissarla. Il suo viso era rilassato, con quegli occhi verde mare che mi studiavano. Diffidente, ma non terrorizzata.

Strinsi gli occhi. «Perché me lo chiedi?»

Fece spallucce. «Voglio saperlo. Ravil... mi ucciderebbe?»

L'idea mi fece saettare un fulmine di paura lungo la spina dorsale, come se il semplice accenno al suo omicidio mi facesse rivoltare il corpo. Cosa ci *farebbe fare* Ravil a qualcuno come Natasha? Ci ordinerebbe di farle del male? No. Nei pochi anni in cui io e mio fratello eravamo stati con la sua cellula, non l'avevo mai sentito dare ordine di fare del male a una donna, anche se rappresentava un problema.

«*Net.*»

«Cosa farebbe?» Fissò il panino che non aveva ancora mangiato.

Valutai la cosa. Non tanto perché pensavo che meritasse una risposta, ma perché non ci avevo ancora pensato io, ed era il caso di farlo.

«Dovremmo farti uscire di testa» le risposi onestamente, quando mi resi conto dell'unica risposta possibile.

Diede un piccolo morso al panino e masticò. «Farmi uscire di testa come?»

Il mio istinto si agitò mentre riflettevo su come avremmo potuto farla uscire di testa. Minacciando la madre. Buttandole fuori casa. Trovando qualcosa di caro a lei e tenendolo in ostaggio.

C'erano una moltitudine di modi di usare la paura al

posto della violenza. Ravil aveva fatto pratica di teatralità, quando si trattava di far accadere le cose. In realtà non dovevamo infrangere così tante leggi, né rompere così tante dita, anche se era una cosa che accadeva ancora abbastanza spesso. Ma non riuscivo a digerire nessuna di queste cose, se si trattava di Natasha. No, c'era solo un modo in cui le avrei permesso di uscire di testa, ma avrebbe richiesto qualcosa di me che avevo giurato di non dare.

Tornai allo schermo e mentii. «Punti di pressione.»

Rabbrividì. «Come cosa?»

«Basta domande, *amerikanka*.» Tornai allo schermo, infilando l'ultimo boccone del panino in bocca.

«Perché mi chiami così?»

«Secondo te perché?» dissi con la bocca piena, recitando di nuovo la parte dello stronzo. L'unico ruolo che sentivo sicuro con lei. Chiusi la ricerca su sua madre e iniziai il percorso che non vedevo l'ora di fare: inimicarmi Alex.

«Mi stai giudicando?»

Smisi di cliccare sui tasti e la guardai. «Cosa? No. Perché ti sei americanizzata? Certo che no. Sei cresciuta qui. Ammiro quanto bene ti adatti, questo è tutto. Non si capirebbe nemmeno che sei russa non fosse per il cognome.»

Si sedette, attaccando finalmente il suo panino. «Mi ci sono sforzata moltissimo» disse. «Non sono così perché sono cresciuta qui.»

«Ah…» Le diedi un'occhiata di sfuggita. Non volevo essere risucchiato nella sua storia, non avevo bisogno di altro carburante per la mia ossessione per lei, ma non riuscii a resistere. «Perché? Ti imbarazzava essere russa?»

«Pamela Harrison» disse, come avessi dovuto sapere

chi era. Mi girai per guardarla. Ora avevo bisogno di conoscere l'intera storia.

Si leccò via una briciola di panino dalle labbra, e il cazzo mi si contrasse alla vista della sua lingua rosa. Il ricordo di come l'aveva usata su di me quella mattina era ancora fresco. «Viveva nel mio condominio. Giocavamo insieme. Era l'estate prima della quinta elementare e passavamo nove ore al giorno insieme. E poi è iniziata la scuola. Qualcuno ha preso in giro il mio accento il primo giorno e, a pranzo, Pamela ha fatto finta di non conoscermi. A quanto pareva ero solo l'amica di ripiego, abbastanza buona per giocare a casa, ma a scuola ero spazzatura russa.» Come se il ricordo facesse emergere il suo io di quinta elementare, sentii per la prima volta la traccia del precedente accento. «E sai cosa è stato peggio? Ero così sola che giocavo ancora con lei a casa. Le ho permesso di usarmi. Sono stata la sua amica di ripiego per altri due anni fino a quando finalmente ho avuto abbastanza spina dorsale da liberarmi.»

«Pamela Harrison era una furba.» Tornai allo schermo e ne cercai il profilo su Facebook. «È questa? Ma è una brutta vacca, ecco perché era gelosa. Non per il tuo accento.»

Natasha ridacchiò. Era la prima volta che sorrideva o rideva da quando l'avevo trascinata qui, e mi fece contorcere le viscere. Mi tirò fuori il mio senso di colpa per averle tolto il sorriso, insieme al desiderio di fargliene venire di nuovi.

«Le darò cinque multe per biglietti del parcheggio non pagati come punizione per il suo crimine di quinta elementare sulla nostra dolce Natasha» dissi aprendo i registri del dipartimento di polizia della contea di Cook e usando il mio accesso secondario per entrare.

«Cosa?» Il tono divertito della sua voce valeva tutto. «Puoi farlo? Oh mio Dio!»

«Basta? O dovremmo punirla più severamente?»

«Non puoi farlo, Dima.»

Le lanciai un'occhiata di straforo e colsi il suo sorriso, che illuminava tutto l'ufficio. Iniziai a piazzare le multe. «Posso, e lo farò. Se lo merita. E sai chi altro merita una pila di multe per biglietti di parcheggio non pagati?»

Il suo sorriso vacillò. «Chi?»

«Alex Volkov.» Farò pagare quello stronzo per aver quasi ucciso mio fratello.

«Ah.» Natasha non protestò; se ne rimase seduta lì a guardarmi lavorare masticando lentamente il suo panino. «Sei bravo in queste cose.»

«Dannatamente.» Produssi una dozzina di biglietti di parcheggio non pagati, sufficienti per attivare l'emissione di un mandato.

«Sai cos'altro darà un calcio nel culo ad Alex? chiesi.

«Cosa?»

«Non aver pagato le tasse degli ultimi tre anni.»

Natasha sussultò. «Dima, non puoi...» Si fermò quando alzai le sopracciglia e le sparai uno sguardo alla *ah no*?

«Insomma, cosa succede se ti beccano? Non saranno in grado di risalire a te? Li stai praticamente sfidando a darti la caccia, così.» Si preoccupava per me? Per la mia sicurezza? Dannatamente dolce da parte sua. Continuai a lavorare.

«Li sto provocando, sì. Ma non preoccuparti, sono davvero sfuggente. Non saranno in grado di rintracciarmi.»

Sentii il suo sguardo sul mio viso piuttosto che sullo schermo, ma resistetti a sbirciare per valutare la sua reazione al mio lavoro.

«Dove hai imparato a farlo?» chiese dolcemente.

«Vlad Popov, un fratello bratva. Ho studiato con lui in Russia. Ho sentito che si è unito con la mafia italiana e ora vive a Las Vegas. Fa parte della famiglia criminale Tacone. Ma io ho superato di gran lunga le sue capacità. Almeno nell'hacking. A lui interessava di più…»

Mi fermai. Che cazzo c'era di sbagliato in me? Non potevo svelare i segreti bratva a quella lì. Soprattutto visto che forse lavorava con i federali.

A parte che ero quasi certo che non lo stesse facendo.

Tuttavia, non mi fidavo del mio istinto quando si trattava di lei.

«Scusa. Probabilmente non dovrei chiederti nulla di lavoro.»

«*Di lavoro.*» Sbuffai al termine. Come se la bratva fosse stato un lavoro, non un'identità. Una vita. E, per molti, una prigione. «Giusto.» Finii di modificare le dichiarazioni dei redditi di Alex e chiusi. «Ecco. Questo lo perseguiterà almeno per qualche anno. Sistemare i pasticci con l'Agenzia delle entrate è un affare complicato.»

«Ancora non capisco» disse Natasha. «Perché ha sparato a Nikolaj?»

Resistetti alla rabbia che sgorgava – sia verso Alex sia verso di lei – e rividi la scena nella mente. Odiavo ammettere i miei pensieri. «Onestamente… penso che quando mi sono avvicinato a te nello stesso momento in cui Nikolaj si è avvicinato a lui, sia andato nel panico. Forse pensava che fossi un pericolo per te. Oppure semplicemente non è riuscito a elaborare entrambi gli eventi che accadevano contemporaneamente. Sicuramente sembrava panico piuttosto che quello per cui era stato addestrato.»

«Sì, sembra giovane. Probabilmente ha appena finito l'addestramento, non credi?»

Annuii. «Non mi piace che i federali ti abbiano presa di mira. Ora sei in una posizione precaria. Hai ammesso all'FBI che sai di vivere in un edificio controllato dalla bratva. Continueranno a cercare di usarti come leva.»

Finito il panino, mise il piatto sulla scrivania. «Cosa mi succederà?»

Feci spallucce. «Dipende, *amerikanka*.»

«Da cosa?»

«Da quello che trovo. Dal tuo comportamento. Da molte cose.»

Il cazzo mi si indurì di nuovo, pensando alla sua punizione della mattina. Sbagliatissimo, ma mi ritrovai a sperare che si comportasse male. Avrei potuto bloccarle i polsi e schiaffeggiarle il culo e ascoltare le sue dolci grida soffocate…

«Dipende da te? È per questo che Ravil ha detto che ti avrebbe lasciato gestire il resto delle cose con me in privato?»

Non potei farne a meno. Le mie labbra si curvarono in un piccolo sorriso. «Esatto. Decido io come e in che misura sarai punita. Quindi, se sei saggia, vedi di mantenere una distanza di sicurezza da me.»

Le sue labbra si scostarono in una bella "O", ma non sembrava spaventata né sconvolta. No, aveva le pupille dilatate. Era eccitata. *Bljad'*. Avevo bisogno di rispolverare la mia rabbia nei suoi confronti, perché in quel momento stavo pensando a un centinaio di possibili punizioni – e tutte la vedevano nuda e alla mia mercé.

CAPITOLO OTTO

GRAN PARTE della pesantezza si era sollevata dal mio petto dopo aver parlato con Story e aver fatto in modo che Dima almeno conversasse con me. Avevo visto scorci del vero Dima oggi. Quello non al limite né incazzato con me.

Mi aveva davvero chiamata *dolce Natasha*? E la multa alla mia nemica d'infanzia per cinque biglietti per il parcheggio non pagati? Non sapevo nulla di hacking, ma era ovvio che avesse un talento pazzesco. Era impossibile non entusiasmarsi nel vederlo cambiare la vita delle persone con pochi tocchi sui tasti.

Non avrei dovuto lasciarlo fare, ma non c'era modo di rifiutare la piccola considerazione che mi stava dando. Non quando ero tanto affamata di gentilezza da parte sua. C'era chimica tra di noi, di sicuro. E lui resisteva. Avevo solo bisogno di capire perché. O... avevo solo bisogno di fargli dimenticare la sua resistenza.

Gli diedi spazio per il resto del pomeriggio, e lui rimase

in ufficio a lavorare. Prestai attenzione a Nikolaj; gli feci mandar giù un po' di zuppa di pomodoro, gli diedi gli antidolorifici, gli elettroliti e gli antibiotici.

Mi aveva lasciata senza parole quando avevo preparato la cena – solo un po' di zuppa riscaldata – e mi aveva detto che avrebbe mangiato più tardi, quindi avevo cenato con Nikolaj, poi ero andata al piano di sopra e avevo fatto un lungo bagno. Quando uscii, ero praticamente pronta a bruciare l'abito da cocktail. Lavai il perizoma nel lavandino e lo appesi all'asta della doccia per asciugarlo. Recuperai la brutta maglietta da pesca, una taglia L da uomo. Non mi copriva nemmeno il culo. Era brutta, anche come camicia da notte. Almeno non avrei dovuto dormire di nuovo nel vestito rosso stanotte, anche se sarei stata più a mio agio nuda.

Il pensiero mi rese tutta smaniosa, come se dormire nuda sotto lo stesso tetto di Dima significasse che sarebbe potuto succedere qualcosa. E dopo la breve tregua del pomeriggio, volevo disperatamente che accadesse qualcosa. Era stato un cazzone, ma ora che il seme era stato piantato e che la situazione poteva non riguardare la mia grande cazzata – che poteva scaturire da un desiderio frustrato per me – avevo il bisogno di verificare che quella sensazione fosse importante.

Mi trovai di fronte allo specchio a figura intera e notai il mio aspetto. Avevo i capelli raccolti in uno chignon disordinato. La maglietta era stretta sul seno, e mostrava le punte irrigidite dei miei capezzoli. Mi cadeva sotto la vita, vicino alla piega dei fianchi, così le mie parti femminili nude e appena rasate facevano capolino da sotto.

Scendere al piano di sotto così sarebbe stato audace.

Non ero pudica, ma nemmeno una gattina sexy.

Ma per svelare il mistero del comportamento di Dima valeva la pena provare. Scesi al piano di sotto e passai davanti a Dima, che se ne stava col laptop in grembo davanti a una sorta di film d'azione in televisione. Non mi guardò passare.

Dannazione.

Mi diressi in cucina alla ricerca di qualcosa di dolce da mangiare, preferibilmente cioccolato. Frugai in dispensa, ne aprii e chiusi ogni anta, catalogando tutti gli ingredienti. E, a dire il vero, rimanevo in stallo. Perché non volevo tornare di sopra senza aver ottenuto ciò per cui ero andata lì – e non si trattava solo di un dessert. Volevo una reazione da Dima.

«Cosa stai cercando?» Mi fermai senza girarmi quando sentii la sua voce dietro di me. Era in cucina con me. Detti spettacolo aprendo un armadietto in alto e stando dritta in punta di piedi per raggiungere gli scaffali più alti, il che fece salire la maglietta già troppo corta. Sentii il forte respiro di Dima.

«Che cosa stai facendo?» sembrava soffocare. Continuai a non girarmi. Stavolta scesi su mani e ginocchia per aprire un armadietto inferiore e infilare la testa all'interno.

«Sto cercando del cioccolato.» Continuai con la mia caccia, sedendomi e spostandomi per saccheggiare l'armadietto successivo, anche se li avevo già guardati tutti.

«C-che cos'hai addosso?» Mi alzai e mi girai lentamente, mantenendo un'espressione innocente.

«La maglietta che mi hai comprato tu.» Feci scivolare i palmi delle mani sul seno.

Gli occhi di Dima brillarono. Strinse i pugni lungo i fianchi. «È troppo piccola.»

Non avevo idea che fare la civettuola potesse essere così divertente.

«Gospodi, Natasha. Dove sono le mutandine?» Sputò fuori la domanda come se ottenere la risposta fosse un'emergenza nazionale.

«Le ho lavate nel lavandino e le ho appese ad asciugare. Ne ho solo un paio, ovviamente.» Portai le mani ai fianchi, sollevando di nuovo la maglietta fino alla vita. Lo sguardo di Dima scorse tra le mie gambe e lui impallidì. Quando mi volò di nuovo sul viso, vi vide qualcosa che glielo fece venire duro.

«Ah, capito.» Venne verso di me e mi afferrò il polso, con le sopracciglia abbassate. «So cosa stai facendo.» Strattonò il mio corpo contro il suo. «Sei una rizzacazzi.»

Alzai il mento e incontrai il suo sguardo ardente con fare provocatorio. *Esatto. E cosa pensi di fare al riguardo?* Accorciai la distanza di un centimetro che si trovava tra i nostri corpi, lasciando che i capezzoli gli sfiorassero il torace muscoloso. I suoi occhi azzurri si scurirono, un calore minaccioso si irradiò dal suo corpo letale al mio. Inclinò la testa. «Potrebbero non piacerti le conseguenze, *amerikanka*.»

Mettimi alla prova. Guardai lentamente in basso tra i nostri corpi per accogliere il rigonfiamento del suo cazzo contro la mia pancia. «Tormentarmi ti farà solo ottenere una nuova punizione. È questo che vuoi? Dovrei farti mettere in ginocchio per occuparti di questo?»

Con il mio sguardo fisso sul suo, mi abbassai lentamente fino alle ginocchia.

«Non mi piace questo lato di te» borbottò mentre raggiungevo il bottone sui suoi jeans. Ignorando la forte pugnalata di dolore prodotta dalle sue parole, decisi di mantenere il sopravvento. Perché ce l'avevo. Avevo visto il suo controllo sgretolarsi davanti ai miei occhi. Avevo notato l'effetto del mio corpo sul suo.

Gli abbassai la cerniera, liberandogli il cazzo. Afferrandone la base, aprii le labbra, allentando la mascella per mostrare la lingua, ma mi fermai prima di entrare in contatto.

«Ti piace questo lato di me» sostenni, rendendo in qualche modo il mio sguardo una sfida, anche se ero io quella in ginocchio. Il suo cazzo mi si tese nel pugno, la testa viola carica di precum. Voleva mettermelo in bocca. Avvolse un pugno intorno al mio chignon disordinato, ma quando lo contrastai guidando la mia bocca in avanti, cedette.

Non era tipo da costringere le donne. Lo sapevo, ma era comunque un sollievo esserne sicuri.

«Dillo» chiesi. Feci scorrere la punta della lingua sulla sua fessura, assaggiando la goccia della sua essenza. Il suo respiro penetrò attraverso le narici dilatate. La sua espressione era rigida, gli occhi duri, ma mormorò in modo quasi inudibile: «Hai ragione, *amerikanka.* Non c'è lato di te che non mi piaccia.»

Il senso di vittoria mi attraversò potente e piacevole come un orgasmo. Forse lo ebbi davvero un orgasmo, non lo so. Tutto quello che sapevo era che inghiottivo il suo cazzo con la bocca prendendolo più in profondità possibile. Gemette, strinse le dita tra i miei capelli. Stavolta, quando cercò di guidarmi, lo lasciai fare, eccitata di brutto dalla sua disperazione, dal suo dominio.

Mi tirò avanti e indietro sopra il suo cazzo e io succhiai i colpi, la mia lingua turbinò lungo la parte inferiore, accarezzandolo.

«Bljad'» imprecò in russo.

Feci scivolare le mani sulle sue cosce muscolose, ma quando mi mossi per toccargli le palle mi prese il polso.

«Net» disse secco. «Mettile dietro la schiena. Questa è una punizione.»

Come se toccarlo con le mani fosse una ricompensa. Ma adorai l'ordine, perché con le mani dietro la schiena mi sentivo la sua piccola e cattiva schiava del sesso, cosa che mi portava sull'orlo dell'orgasmo.

Sapevo di avere una personalità sottomessa, ma pensavo che provenisse dal fatto di essere emigrata in un nuovo Paese da bambina, dal tentativo di adattarmi.

Non avevo mai pensato che fosse una perversione sessuale. Non sapevo quanto mi sarei bagnata per gli ordini del ragazzo di cui tenevo il cazzo in bocca.

Succhiai la sua virilità come se ne andasse della mia vita, fingendo di farlo perché quell'idea di un atto sessuale come punizione mi eccitava *parecchio*. Strinse la presa sui miei capelli, mi tenne ferma la testa e pompò dentro e fuori dalla mia bocca.

«Natasha» disse a tratti con voce rotta, lasciandosi andare. Non che non lo avesse già fatto. *Non c'è lato di te che non mi piaccia.*

Ora che mi aveva mostrato le sue carte, non poteva più farmi del male. Poteva fare lo stronzo scontroso quanto voleva, ma io conoscevo la verità. Gli interessavo. Gli interessavo *tanto*.

Ora avevo solo bisogno di capire perché si stava trattenendo.

«Da... da... cazzo.» Dima rabbrividì, le palle si contrassero. «Sto venendo» mi avvertì, liberando la presa sulla mia testa. Non smisi di succhiare. Anzi, succhiai più forte, glorificandomi nello spruzzo caldo della sua sborra in gola, ingoiando la sua essenza con orgoglio.

«Gesù.» Mi guardò. «Alzati.» Fu un comando duro, ma ora non aveva alcun effetto su di me. Mi prese il gomito e mi tirò in piedi. Non sapevo cosa aspettarmi: non fu gentile e sembrava arrabbiato, ma mi mise entrambe le mani sulla vita e mi sollevò per mettermi a sedere sul piano di lavoro in granito dell'isola a forma di L.

Le gambe mi tremavano, il respiro entrava e usciva dal mio petto. Dima mi sollevò le ginocchia, alzandole e separandole fino a quando i piedi non poggiarono sul bancone freddo, e dovetti appoggiarmi con le mani dietro di me.

La sua bocca finì tra le mie gambe in millisecondi, e non fu lento né delicato. Fu più simile a un attacco. La sua lingua mi sferzò, trascinandosi attraverso i miei succhi. Le sue labbra trovarono il clitoride, e lo lavorò fino a quando non riuscì ad aspirarlo in bocca e succhiare.

Urlai. Non fu un pianto da signorina. Piuttosto un grido pieno di piacere sconvolto. Mi contorsi sotto l'intensità di esso, spinsi la testa di Dima, cercai di stringere le gambe e chiuderle. Dima era imperturbabile. Era come un uomo affamato, e io ero la portata principale. Le sue dita scavavano tra le mie cosce mentre mi teneva le ginocchia larghe; ci diede dentro.

Raggiunsi l'orgasmo in sessanta secondi, ma lui non mollò.

Fu allora che mi fece scivolare un pollice dentro e iniziò a scoparmi con le dita, veloce e duro. Strofinò la punta dell'indice sul clitoride a ogni affondo mentre sollevava la testa e perlustrava il bancone della cucina.

Si chinò per afferrare qualcosa dietro di me.

Mi girai, ma in un attimo mi persi, restando sdraiata sulla schiena, troppa stimolata per poter tenere il busto in posizione verticale. Mi appoggiai sui gomiti per vedere cosa aveva afferrato Dima: una bottiglia di olio d'oliva.

Svitò il tappo con una mano, senza mai fermarsi con l'altra se non per passare all'indice e al medio, usati per accarezzarmi la parete frontale interna. Gridai di nuovo quando mi trovò il punto G. «Dima!»

Il piacere era troppo.

Mi terrorizzava quanto mi sentissi fuori controllo. Mi contorsi e ansimai e poi...

Oddio. Dima mi premette l'altro pollice, che aveva oliato, contro l'ano.

Lo strinsi forte, sollevai il bacino dal granito e lui mi sculacciò la figa per punirmi.

«No. Per la piccola provocazione di prima, ora lo prendi nel culo» mi disse nello stesso momento in cui mi penetrò il buco posteriore.

«Non ti ho provocato!» gridai; gli occhi mi rotearono all'indietro per la nuova sensazione. Era bello – sbagliato – ma così bello. «Te l'ho succhiato.»

«È vero.» La voce di Dima si addolcì, e così fece il suo tocco. Mantenne lì il pollice ma senza muoverlo. Abbassò invece la testa per far scivolare lentamente la lingua intorno al clitoride. «Dima», mi lagnai. Ero già disperatamente bisognosa di venire di nuovo. Stavo tremando dalla vita in giù. Le mie gambe in qualche modo avevano trovato la strada verso le spalle di Dima, ed ero accecata dal bisogno.

Nessun uomo mi aveva mai fatto nessuna di queste cose. Nessun gioco anale, nessun cunnilingus decente, sicuramente nessun piano di lavoro della cucina che mi portava all'orgasmo in pochi secondi. Mi penetrò la figa con l'altro pollice, mantenendo la lingua in servizio come tortura del mio clitoride.

La pancia fremette mentre inspiravo, ansimante e a scatti.

«Ti prego» lo supplicai. «Ti prego, ho bisogno di...»

Dima iniziò lentamente ad alternare le pompate, prima nel culo, poi nella figa. Tremavo dalla testa ai piedi, ogni respiro singhiozzante era un grido basso e acuto.

«Oh, Dima.» Iniziò a premere con entrambi i pollici contemporaneamente.

«No!» esclamai allarmata, anche se volevo dire *sì* perché il mio orgasmo stava prendendo d'assalto le barriere, stava per esplodere...

Pompò più velocemente.

«Sì!»

Ci fu il momento di quiete: il punto zero tra l'inspirazione e l'espirazione, il desiderio e il piacere, la pausa appena prima del climax. Il soffitto girò, i miei palmi colpirono il piano di lavoro fresco e poi il rilascio mi colpì. Gridai. I miei muscoli interni strinsero e scossero entrambi i pollici.

«Dima, oh mio Dio, Dima...» Giacqui con gli occhi chiusi, il respiro che singhiozzava dentro e fuori mentre aspettavo che passassero le ultime scosse di assestamento.

Dima tirò fuori entrambi i pollici e lo sentii lavarsi le mani nel lavandino. Le asciugò e io mi sedetti.

«Vieni qui.» Mi prese la vita e mi sollevò.

«Ehm, faremmo meglio a disinfettare quel dannato bancone» dissi, improvvisamente imbarazzata per quello che era appena successo.

Le labbra di Dima si contrassero. «Lo farò io» mormorò. Aveva le mani ancora leggermente poggiate sulla mia vita. Mi tirò giù l'orlo della maglietta, anche se non si abbassava. Portò una mano dietro di me e mi strinse il culo. L'altra rimase davanti, e ne strofinò leggermente le nocche sulla mia fessura.

«Tienilo coperto, o ti metto il cazzo tra queste natiche bianche come il latte e ti scopo il culo fino a farti soffrire.»

Mi attraversò un tremore— non di paura – di desiderio incandescente.

Mi piaceva il Dima scatenato. Mi piaceva vederlo mostrare la sua passione, sentire quanto bruciasse per me. Non mi interessava che la cosa si presentasse sotto forma di punizione – diavolo, quella parte la adoravo proprio. Gli presi il polso quando iniziò a spostarlo e premetti le dita sul mio sesso gocciolante. Quel tremore mi aveva detto che potevo raggiungere di nuovo l'orgasmo senza quasi alcuno sforzo. Dima non mi lasciò in sospeso.

«Non ne hai avuto abbastanza?» Tuffò due dita dentro di me, e mi si bloccò il respiro. Piazzai la mano sopra la sua e spinsi perché mi strofinasse il clitoride con il palmo della mano. L'increspatura si accese in pochi secondi e le mie ginocchia si sciolsero, lasciando Dima a tenermi in piedi mentre spalancavo le labbra in un grido soffocato.

Dima mi fissò, sembrando dimenticare di dover nascondere la sua attrazione. «Gesù.» Scosse la testa, come in soggezione. La sua voce suonò ruvida. «Devo rimetterti su quel bancone e mangiare quella figa finché non urli?»

Gli uscì come una minaccia, come una punizione orribile, e mi fece stringere di nuovo intorno alle sue dita, un'altra piccola scossa di assestamento che si increspò. Mi guardava la faccia con avido interesse. Senza togliere le dita da dentro di me, premette il mio culo contro gli armadietti e prese una cosa.

«Forse hai bisogno di qualcosa di più solido.» Mi fece girare per mettermi di fronte al piano di lavoro, e vidi che aveva afferrato un cucchiaio di legno. Il mio sedere si strinse in risposta.

«Non è così?» Mi resi conto che stava chiedendo il consenso, o almeno così mi pareva. Era difficile riordinare tutto, ma la mia testa oscillò sul collo in un *sì* tremolante. Con il palmo della mano ancora sul mio sesso, le dita affondate dentro, mi schiaffeggiò leggermente il culo con il cucchiaio di legno.

«Ooh.» Gli strinsi le dita. La mia pancia non faceva che palpitare. Mentre ansimavo in attesa di altro, ero a pochi secondi dall'ennesimo orgasmo.

«Ti ho reso troppo piacevole la punizione?» Sculacciò lo stesso lato un po' più forte. Strinsi le natiche. Faceva male, ma lo adoravo. Piagnucolai e gli coprii di nuovo la mano con la mia. «Ah-ah. Mani sul bancone.» Mi diede una botta forte con il cucchiaio di legno nello stesso posto.

«Ahi» piagnucolai, anche se non mi aveva fatto molto male. Era più che ne volevo ancora. Avevo bisogno di averne più. Mi aveva fatto cavalcare all'infinito il limite di quell'orgasmo. Mosse le dita tra le mie gambe mentre iniziava alternativamente a colpire ogni natica con il cucchiaio.

«Ah-*oh*... Dima» ansimai, dimenandomi sotto all'assalto costante. Il sedere mi stava diventando caldo e formicolante, l'intensità della sensazione corrispondeva a quella del mio desiderio.

«Mmm.» Si fermò e immerse le dita più in profondità dentro di me. «Senti quanto ti ha fatto bagnare?»

«M... mi piace» mi lamentai.

Per usare un eufemismo.

Ne avevo bisogno. Lo desideravo. Dovevo avere tutto.

«Quanto ti piace?» Tornò a sculacciarmi, più velocemente stavolta, forse dieci o più volte. Nel momento in cui si fermò, venni. Appoggiò il suo corpo sulla mia schiena e continuò a muovere le dita dentro di me fino a quando non ebbi strizzato ogni ultimo spasmo e rilascio. «Wow...» Sussultai quando il mio respiro tornò alla normalità.

Dima mi staccò dal piano di lavoro e mi fece girare verso le scale, in modo che gli dessi le spalle.

«Vai a letto, *amerikanka.*»

Era un comando gentile, ma sicuramente un modo per congedarmi.

Non volendo rovinare la prelibatezza della mia liberazione con alcuna speculazione su cosa significasse, obbedii, allontanandomi da lui e non voltandomi fino a quando non raggiunsi la base delle scale.

Era ancora lì, a guardarmi. Il suo sguardo era morbido, un po' meravigliato, ma quando lo colsi, sollevò il mento verso le scale.

Feci un respiro e mi girai. Ci volle tutta la mia concentrazione per far salire le scale alle mie gambe traballanti e andare a letto.

Mi sdraiai e mi toccai il culo caldo, lasciando che le endorfine mi attraversassero, cancellando tutta la tensione dal mio cervello e dal mio corpo. Ignorando il morso della solitudine che voleva spezzarmi il cuore.

CAPITOLO NOVE

Dima

ERA BUIO PESTO. Ero nel bosco fuori dal rifugio inseguito dai federali. Avevo nascosto Nikolaj nella Land Rover, e li stavo portando via da lui, ma avevo perso Natasha.

L'avevano presa? Era con loro?

Cazzo, non lo sapevo!

Mi imbattei in una radura e qualcuno accese dei riflettori. Mi fermai, accecato. Fuori dal bagliore uscì Alex, con una pistola puntata contro di me.

«Dov'è Natasha?» chiesi.

«Natasha?» Fece una risata crudele. «È morta. Proprio come Alëna. Non avresti dovuto portarla qui.»

MI BUTTAI GIÙ DAL LETTO, cercando di scacciare via il maledetto sogno.

Un'ora dopo scaricai in cucina i sacchetti di plastica

pieni di ogni singola tavoletta di cioccolato che il mini-market aveva sul bancone. Ero partito all'alba arrivare all'autostrada e imboccarla spronato da quell'inspiegabile bisogno di assicurarmi che le voglie di Natasha fossero soddisfatte.

I bisogni di Natasha.

Santa madre di Dio.

Guardarla venire e venire e venire la sera prima era andato oltre tutte le mie fantasie più sfrenate, ognuna delle quali la vedeva protagonista in modo prominente.

Chi l'avrebbe mai detto? Non appariva come una persona apertamente sessuale. Non si vestiva in modo sexy. Si vestiva come un'adolescente americana o una studentessa universitaria. Valeva lo stesso per me, quindi forse non significava nulla. Ma la sua apparente mancanza di consapevolezza di quanto fosse dannatamente bella era sempre stata parte del suo fascino.

La faceva sembrare giovane, innocente. Mi faceva venire voglia di proteggerla con ogni pistola che avevo, e di solito non ero tipo da tenere un'arma, a meno che non si contasse il computer. Che poteva essere una delle armi più pericolose che Ravil brandiva, onestamente.

E mi sembrava ancora innocente, anche dopo aver visto la sua serie di orgasmi dannatamente sexy. Sembrava ancora intatta, anche se l'avevo toccata.

La sua anima era pura… forse era tutto lì.

Mi ricordava Alëna, e mi odiavo per aver confuso le due nella mia mente.

Non avrei dovuto lasciare che Natasha superasse i miei ricordi di Alëna. Di quando avevamo perso la verginità insieme. Dimenandoci nel retro della Lada nella frizzante aria autunnale. Appannando i finestrini fino a quando non avessimo avuto tutta la privacy che potevamo desiderare. Mi aveva permesso di toglierle i vestiti. Sdraiata sul mio sedile posteriore. Avevo baciato la sua pelle morbida fino a quando non mi aveva pregato di fare di più. Non ero stato brutale né esigente come la sera prima.

Gospodi, Natasha. Il senso di colpa mi riempì il petto. Ero stato un mostro con lei quella notte. Ero un mostro da quando Nikolaj era stato colpito. No: a essere onesto, ero un cazzone anche prima. Dal momento in cui era entrata nella mia stanza con quel lettino da massaggi, non ero riuscito a smettere di pensare a tutte le cose che avrei voluto farle con nient'altro che olio da massaggio e pelle nuda tra di noi.

Avevo fatto finta che fosse colpa sua – che fosse lei la tentazione malvagia, che mi sottraeva dai voti che avevo fatto ad Alëna sul letto di morte, ma in realtà la verità era che la colpa era solo mia.

Non era malvagia. Era dolce, anche quando era volutamente una tentazione. E poi lei non sapeva dei voti.

Una parte di me avrebbe voluto dirglielo, spiegarle perché non potevo. Ammettere la mia attrazione, che doveva essere ovvia a questo punto, ed essere onesto con lei. Dirle che non sarebbe mai potuto accadere. Che *noi* non potevamo accadere.

Ma anche quella conversazione sembrava un tradimento nei confronti di Alëna.

Per esempio, nel momento in cui ne avessi parlato con Natasha, avrei macchiato la sua memoria per sempre. L'avrei resa l'altra donna. Quella che mi lasciavo alle spalle per questa nuova, lucida, viva donna.

E non potevo farlo ad Alëna.

Mi aveva dato tutto. La sua vulnerabilità. Tutto il suo cuore. Amavo la persona che ero quando stavo con lei perché lei mi amava. Ero fortunato, avevo sempre avuto Nikolaj. I gemelli non erano mai soli. Ma fino ad Alëna, ero stato il gemello di Nikolaj. Lui era quello più sociale.

Quello divertente. Aveva carisma. Lo avevo sempre lasciato parlare per entrambi.

Alëna mi aveva fatto sentire come fossi stato io quello speciale. Quello con cui valeva la pena parlare. Con cui valeva la pena trascorrere del tempo. Pianificare un futuro. E poi era arrivato il cancro.

Era stata così dannatamente coraggiosa… ricordavo ancora quanto sottile, fredda e ossuta sentissi la sua mano nella mia quando ce ne stavamo insieme in attesa della chemio. Mi permetteva di distrarla e farla sorridere per far finta che nulla di tutto ciò stesse accadendo. Per tremare, finalmente, quando avevamo parlato della fine.

Fu allora che le promisi che non ne avrei mai amato un'altra. Che non l'avrei mai sostituita. Era stata la mia prima donna e sarebbe stata l'ultima.

Dovette affrontare la morte a diciassette anni, *diciassette!* Non era troppo per me mantenere la promessa che le avevo fatto.

Sentii del movimento al piano di sopra.

Natasha era sveglia.

La sera avevo lavato i miei vestiti, e ora avevo lasciato i boxer puliti sul bancone della cucina con il cioccolato. Non sarei sopravvissuto a Natasha che andava in giro nuda, e insomma, se avesse lasciato che Nikolaj la vedesse in quel modo avrei dovuto ucciderlo. O qualcosa del genere. Mi diressi in ufficio per tornare all'unica cosa che avesse mai avuto senso per me: cyber-stalking e hacking.

Dietro a uno schermo, ero ancora Dio.

Anche se in quello chalet non distinguevo la testa dal culo.

Ascoltai Natasha. La sentii parlare dolcemente a Nikolaj, la dolce guaritrice che controllava il suo paziente.

Poi sentii dei rumori dalla cucina. Il *pop* del tostapane. L'apertura e la chiusura del frigorifero. Cercai di non immaginare il suo aspetto della sera prima, in punta di piedi, la maglietta corta tirata su sopra la vita che mi mostrava la luna piena del suo pallido culo. Quel pallido culo che avevo fatto diventare rosso.

Cazzo.

L'avevo forzata? C'era qualcosa di duro e punitivo in quello che era successo, ma era stato consensuale. Giusto?

Ne ero stato sicuro la sera, ma dopo aver dormito a malapena perché non riuscivo a smettere di rivivere nella mente quello che era successo, ora sembrava tutto sfocato.

Lei era stata eccessivamente gradevole.

Il tipo di cui ci si potrebbe approfittare facilmente. Insomma, sapevo di averla fatta venire. Era bagnata. Mi era venuta intorno alle dita più e più volte.

Ma era dispiaciuta oggi? Si sentiva usata? Sfruttata? Forzata?

Per una volta, lo schermo non aveva risposte per me. Non potevo fare cyberstalking su di lei per ottenere una risposta. Per essere sicuro che stesse bene.

Dannazione.

Scostai indietro la sedia e mi alzai. La trovai seduta al lungo tavolo grezzo.

Aveva indosso ancora la maglietta da pesca – senza reggiseno, ovviamente, perché il cielo non aveva pietà di me. Non capivo se indossava i miei boxer o meno, ma con una rapida occhiata al bancone mi resi conto che erano spariti.

«Grazie della cioccolata.» Lo sguardo rivolto a me era caldo e morbido.

Feci spallucce, non mi sedetti. «Non sapevo che tipo ti piacesse, quindi l'ho comprata tutta.»

Contrasse le labbra divertita. «È stato un bel pensiero. Avrei mangiato qualsiasi cosa ieri sera, ma inizierò con la barretta Heath. Le mangerò tutte, di sicuro. La barretta

Hershey finirà probabilmente in basso nella classifica. Sono una vera snob in fatto cioccolato. Scelgo il tipo di barrette gourmet con cioccolato fondente all'ottantacinque per cento.»

«Prima le barrette gourmet, poi le Heath. Capito.»

Accidenti, ma cosa stavo facendo? Non ero mica il suo ragazzo. Non le avrei comprato più cioccolata. «Non sapevo che avessi una passione per il cioccolato.»

«Non sai molte cose di me.»

Non era vero.

Anzi, probabilmente sapevo molto più di quanto pensasse. Ma non ero arrivato al punto di approfondire le sue scelte alimentari.

«È il mio rimedio allo stress e, ehm, sono stressata.» Alzò le mani e arricciò ironicamente il naso. Adorabile. Per una qualche ragione, il mio cuore batteva come se stesse pompando sangue per due persone, in quel momento.

«Natasha, io, ah...»

Posò la fetta di pane tostato imburrato sul piatto e mi guardò.

«Stai bene? Dopo ieri sera? Voglio dire...» *Bljad'*. Mi passai una mano tra i capelli. «Ti sei sentita costretta?»

«Beh, faceva un po' parte del giochino, no?»

Bože moj, che ragazza... calma e tranquillissima sull'argomento. Incredibilmente matura.

Fui inondato dal sollievo. Poi il mio cervello andò su di giri. Era un giochino che conosceva? A cui aveva già giocato prima? Cazzo, non volevo nemmeno sapere la risposta, perché mi sarebbe venuta voglia di uccidere qualsiasi ragazzo che fosse mai stato duro con lei. E io ero stato brutale. Probabilmente le avevo lasciato segni sul culo, sculacciandola col cucchiaio. «Sì. Volevo solo assicurarmi che stessi bene.»

Abbassò lo sguardo e iniziò a raschiare lo smalto dall'unghia: il suo sfogo nervoso.

Lo stomaco mi si capovolse come fossi stato su un ottovolante in discesa. Mi sarei tagliato la gola, se l'avessi traumatizzata.

«Sto bene. Cioè, mi è piaciuto.» Il mio sollievo durò poco, perché continuò: «Sto meno bene per il fatto che lo definisci ogni volta un errore. Questo mi nausea un po'.»

Nausea. Dannazione. Sembrava vergogna. O umiliazione. Niente che meritasse. Dovevo sistemare la cosa. Mi avvicinai e scostai la sedia accanto a lei. Incrociò il mio sguardo quando mi sedetti.

«Natasha...» Non sapevo cosa dire. Come facevo a darle una spiegazione senza tradire Alëna? «Anche a me, ehm, è piaciuto. Mi piaci... un sacco. Ma non posso avere una relazione. Quindi non voglio condurti in quella direzione. Questa è l'unica ragione per cui ho detto che è stato un errore.»

Annuì lentamente, studiandomi come valutando la mia storia alla ricerca di crepe.

«Posso crederlo un errore, ma non mi è affatto dispiaciuto» ammisi.

Fece fatica a deglutire e girò la faccia verso il piatto per prendere il toast.

Colsi il suggerimento e mi alzai. Mentre andavo all'ufficio, la sentii dire dolcemente: «Neanche a me è dispiaciuto.» Le sue parole mi caddero sulla testa e sulle spalle come una di quelle reti che cadono dagli alberi. Leggere, apparentemente innocue, ma quando mi si chiusero intorno mi intrappolarono in nuovi pensieri. Pensieri riguardo all'avere qualcosa in più. Mi chiedevo se potesse accadere di nuovo senza che la gigantesca nave che portava la mia identità affondasse sul fondo dell'oceano.

~

Natasha

MI AVEVA COMPRATO DELLA CIOCCOLATA.

Non poche barrette. Doveva letteralmente aver svaligiato l'intero negozio.

Forse era stato mosso dal senso di colpa: sembrava preoccupato che mi fossi sentita costretta. Come se non fossi stata io a mettermi in ginocchio e sbottonargli i jeans.

Aveva rivelato così tanto di sé stesso quella mattina… non solo nella conversazione in cui aveva detto di non poter avere una relazione. Quello lo avevo già ipotizzato. E sì, mi stavo prendendo a calci per non avergliene chiesto la ragione. Non volevo mostrare delusione né dolore, quindi avevo semplicemente metabolizzato la dichiarazione e l'avevo lasciata decantare nella fossa del mio stomaco, rendendomi impossibile finire la colazione.

Ma l'acquisto della cioccolata, il fatto che avesse controllato come stessi… quelle azioni dimostravano che era il ragazzo che pensavo fosse.

Adesso poteva anche fare il bastardo scontroso, ma era affidabile. Era gentile.

E lo volevo ancora.

Ero un'idiota per essermi fissata con uno che mi diceva di non essere disponibile? Certamente.

Ma aveva anche ammesso che gli piacevo molto.

E lui piaceva molto a me.

Senza contare il sesso eccezionale che avevamo fatto.

Quella notte mi aveva cambiato la vita. Avevo scoperto cose su di me che non avevo mai saputo, e non sarei mai più stata in grado di avvicinarmi al sesso allo stesso modo. E non eravamo neanche andati fino in fondo! Se eravamo stati così grandiosi in un ufficio e in una cucina, non riuscivo a immaginare le esplosioni in camera. Ma il meglio era che non ne avevo nemmeno bisogno.

Dima mi sembrava giusto per me. Quando ero con lui, sentivo di poter essere me stessa. Forse era per quello che potevo abbandonarmi sessualmente: non mi ero trattenuta né avevo cambiato il mio modo di essere. Mi ero lasciata andare e il mondo intero era esploso.

Sentivo Dima come mio. Come se ci appartenessimo. C'era una certa facilità tra di noi, come se fossimo un'accoppiata energica. Ecco quello che provavo con lui dal giorno in cui ci eravamo conosciuti. Mi ero convinta che, se mai fossi stata nei guai, lui era il membro bratva da cui sarei andata per chiedere aiuto. Quello di cui sapevo di potermi fidare.

Poi le cose erano diventate strane, ma ora sapevo di cosa si trattava.

Riconosceva anche lui ciò che avevamo. E, per una ragione che avevo bisogno di scoprire, pensava che non potessimo stare insieme.

Beh, io non avrei smesso di insistere.

Né di provocarlo.

E se voleva punirmi, beh, sapevamo entrambi come sarebbe andata a finire. Con un sacco di soddisfazione sessuale per tutti e due.

Non mi sarei arresa.

Stavo vedendo qualcosa. Valeva la pena lottare per Dima.

CAPITOLO DIECI

Dima

La notte mi svegliai sentendo qualcosa fuori dal rifugio. Saltai giù dal letto e afferrai la Glock sul comò della camera da letto. Ero in quella principale, dove Nikolaj si stava riprendendo. Anche se sembrava che stesse bene, non ero disposto a dormire altrove. Come se potesse smettere di respirare solo perché era notte o qualcosa di simile.

Sentii un altro rumore, proprio fuori dalle porte alla francese che davano sul portico. Girai silenziosamente la serratura, torsi la maniglia e aprii la porta con una spinta, mentre dentro di me ero una furia per non aver carpito ogni segreto di Alex. Perché sembrava che ci fosse dell'altro sotto, oltre al fatto che era un agente federale dal grilletto facile.

C'era qualcosa di strano. Di molto strano.

La porta si aprì silenziosamente: era solida e ben costruita. Tutto il vetro lì era antiproiettile, quindi aprire la porta poteva non essere la mia mossa più brillante. Ma cazzo, mio fratello giaceva mezzo morto in camera da letto, e al piano di sopra avevo una femmina innocente da proteggere. Un leggero spruzzo d'acqua attirò la mia attenzione sulla vasca idromassaggio a pochi passi dalle porte alla francese.

Bljad'.

L'innocentina che pensavo dormisse al piano di sopra era nella mia vasca idromassaggio.

Nuda.

La luce della luna brillava sulla sua pelle pallida.

«Ti ho quasi sparato alla testa, *amerikanka*» dissi dolcemente rimettendo la sicura alla Glock. Sarei dovuto tornare dentro e lasciarla a mollo, ma non riuscii a costringere il mio corpo a girarsi. Le passai invece accanto, attento a non guardare, e rimasi sul portico rivolto verso l'esterno. Misi la Glock sulla ringhiera.

«Non mi spareresti mai.»

La sua risposta fu altrettanto morbida. Non sembrava spaventata, neanche si fosse aspettata che venissi.

Stava giocando di nuovo? Facendo il bagno nuda sotto la luna quando sicuramente l'avrei trovata? Probabile.

Cazzo.

Avevo proprio bisogno di girarmi e tornar dentro. Di prendere il sopravvento e mostrarle che non mi sarei fatto manipolare.

Ma non mi mossi. Mi ripromisi di non guardarla. Non avevo visto altro che le sue spalle nude dalla schiena. Non mi sarei permesso di girarmi e abbeverarmi nella perfezione del suo seno giovanile. Perché ero sicuro che fosse perfetto come la bella figa rosa su cui avevo passato la lingua la sera prima.

«Sapevi che c'era una vasca idromassaggio qui?» La sua voce suonò un po' roca.

«Sì.»

Non l'avrei guardata. *Non* mi sarei voltato.

«È tutto perfetto: immergersi nel lusso totale circondati dalla natura. L'odore di pino e della terra. Il chiaro di luna. Scommetto che è un sogno anche in inverno.»

Non avevo mai considerato la vasca idromassaggio qualcosa di diverso dall'ennesima amenità voluta da Ravil perché aveva soldi da bruciare. Ne avevamo una anche sul tetto del Cremlino. Ci ero stato un paio di volte, ma non ne avevo fatto un'abitudine costante. Non prestavo alcuna attenzione a merda del genere, io.

Dovetti ricacciare in gola l'offerta che avevo sulla punta della lingua di riportarla lì in inverno.

Non l'avrei vista in inverno.

Non l'avrei vista neanche ora. Dovevo chiarirlo.

«Perché Ravil ci ha mandati qui?» chiese.

«Nel caso in cui la situazione si fosse surriscaldata» le spiegai, anche se condividere i segreti di bratva era vietatissimo. Ma cosa cazzo c'era di sbagliato in me? «Anche se noi non abbiamo fatto nulla di sbagliato. Dovrebbe essere Alex a nascondersi da qualche parte. Cosa che farebbe, se fosse intelligente.» Un piccolo spruzzo si alzò dalla vasca idromassaggio, e improvvisamente morii dalla voglia di sapere cosa stava facendo lì dentro.

«È-è in pericolo? Cioè…»

La rabbia per il fatto che si preoccupasse di lui mi fece digrignare i denti. «Basta domande, Natasha. Ti ho già detto molto più di quanto avrei dovuto.»

«Non mi hai detto nulla.» Il tono era sulla difensiva.

«Avrei dovuto metterti un sacco sulla testa per venir qui.»

La sentii inspirare, e dopo una lunga pausa disse: «Sono contenta che tu non l'abbia fatto.»

Cercando di farla smettere, scattai: «Siamo qui per

tenerti isolata fino a quando non sapremo cosa cazzo sta succedendo.»

«E lo sappiamo?»

Risi amaramente alla sua scelta del plurale invece che del *tu*. «Non ancora, *amerikanka*. Ma ho intenzione di scoprire ogni singolo segreto tuo o di Alex.»

Rimase tranquilla per un momento, poi disse: «Non so perché, ma la cosa mi eccita.»

Scoppiai a ridere, stupito. «Ti piace essere l'oggetto della mia indagine?»

«Sì.»

Accidenti, che tipa... se solo avesse saputo da quanto la ciberstalkeravo...

Il portico sembrò inclinarsi mentre gli alberi scuri mormoravano e si scuotevano intorno a noi. Un forte senso di proprietà scattò tra di noi. Uno scambio di potere che aveva messo in atto di proposito. Si stava mettendo a nudo con me. Si offriva. La sua vita a disposizione della mia analisi. Il suo corpo al mio tocco. La sua innocenza per la mia oscura vendetta.

Feci un respiro profondo cercando di allontanarmi dal canto della sirena.

Non avrei dovuto volerla padroneggiare. Essere l'uomo a cui si arrendeva. Eppure il ricordo di Alex che entrava in quella stanza con lei mi fece venire voglia di dargli un pugno.

Non meritavo quell'onore, e anche se me lo fossi meritato non avrei potuto accettarlo. Ma in nessun cazzo di modo pensavo che un altro fosse degno di lei. «Ci sono alcuni fatti che non sono stato in grado di chiarire su di te, Natasha.»

«Tipo quali?» Aveva la voce leggera. Con un tono canzonatorio. Stava giocando. Ovviamente aveva deciso di essere al sicuro, con me.

Avrei dovuto essere confortato dalla cosa. Dimostrava la sua innocenza nella faccenda. Eppure il bastardo che c'era in me pensava che avrei dovuto spaventarla. Tenerla al limite, così che la sua paura alzasse fra noi la barriera che io non sembravo in grado di tener su.

«Perché hai lasciato il lavoro di operatrice di pronto soccorso?»

«Il tuo computer non ha saputo dirtelo?»

«Fornisce fatti, non ragioni.»

«Qual è la tua ipotesi?» La sua voce era musicale. Dolce. Come se fossimo stati due amanti che facevano un bagno di mezzanotte insieme, e non una prigioniera e la sua guardia carceraria.

«La mia ipotesi... è che hai visto cose che non riuscivi a digerire.»

Emise un sospiro rumoroso prima di rispondere: «Esattamente.» La forza della risposta mi fece girare prima di potermi fermare.

Perché avevo bisogno di vederla in volto. Mi dispiacque quando trovai quello che mi aspettavo di vedere: un'espressione cupa e inquieta.

«È morto qualcuno?»

«Sì.»

«Vecchio o giovane?»

«Più di uno. Cinque di fila.» La voce le si spezzò un po'.

Mi avvicinai, nonostante la determinazione, e mi accovacciai sul bordo della vasca idromassaggio. Avevo i jeans perché le avevo dato i miei boxer, ma mi ero tolto la camicia e i calzini.

«Riesci a crederci?» Fece una risata amara. «Cinque di fila che non siamo riusciti a salvare in tempo. Giovani, vecchi. C'erano una vittima di infarto, una ferita da un colpo d'arma da fuoco, un bambino soffocatosi con un hot dog e morto prima che arrivassimo lì... li abbiamo persi tutti. Ed è stato allora che ho capito di essermi concentrata sul percorso sbagliato.»

Colsi la sua scelta di parole e mi incuriosii. «E i massaggi sono il percorso giusto?»

Le uscì un piccolo sbuffo imbarazzato. «Beh, ci sono più vicini.»

Sembrava sulla difensiva, e questo mi infastidì. Mi sedetti a gambe incrociate nel portico. Ero sul lato opposto della vasca idromassaggio rispetto a lei – una distanza abbastanza sicura – e per una volta il mio interesse non era guidato dal cazzo. Rimuginavo da un pezzo sul mistero del suo cambiamento di carriera.

«Aspetta.» Alzai il palmo della mano. «Perché l'hai preso come un insulto? Chi ti ha fatto pensare che la massoterapia non fosse una degna sostituta?»

A quanto ne sapevo io, era una terapeuta straordinaria. Trovava tutti i miei punti contratti senza che glieli indicassi. Non fosse stato per le erezioni di ferro, mi sarei sentito benissimo dopo i suoi massaggi.

Aprì le labbra in sorpresa. «Non... non lo so. Forse mia madre, anche se in realtà non l'ha mai detto.» Sollevò le spalle sottili, gesto che ebbe lo sfortunato effetto di mostrarmi le punte dei suoi seni mentre uscivano dall'acqua. «Forse lo penso io.»

Le parole ricaddero pesanti, come pietre, nell'acqua tra di noi, e contorse le labbra come se stesse assaggiando qualcosa di amaro. Il suo sguardo fu improvvisamente lontano.

«Cosa preferiresti fare?»

Mi guardò per un momento, e fui sicuro che aveva una risposta. Sapeva esattamente cosa voleva fare.

«Dimmi» la incalzai, odiando che si trattenesse dal dirmelo.

«Volevo fare la naturopata.»

Mi annotai mentalmente di cercarlo. Avevo già sentito la parola, ma non avevo idea di cosa significasse in realtà. «Perché *volevo*, al passato? Cosa ti ferma?»

Fece un piccolo sbuffo.

«I soldi. Ho fatto domanda per le scuole dopo la laurea e sono entrata, ma non ho ricevuto alcuna offerta di borse di studio. Ho ancora un mucchio di debiti per via dei prestiti per l'università e a Chicago non ci sono scuole, quindi non dovrei pagare solo le tasse scolastiche ma anche vitto e alloggio. Non è proprio fattibile.»

Aggrottai le sopracciglia. «Devi sapere che Ravil dà microprestiti ai membri della nostra comunità di continuo.»

«Non posso indebitarmi di più» scattò, ma sentii le lacrime di frustrazione dietro la rabbia, così alzai le mani in segno di resa.

«Ok. Capisco.»

«Scusa.» Affondò più in basso nell'acqua, immergendosi fino a quando non la sfiorò col mento. Come volendo scomparire.

Non volevo che si nascondesse, quindi mi esposi. «In realtà non ho idea di cosa sia un naturopata.»

Il suo sorriso leggero rilassò tutto il suo viso e incendiò il mio mondo. «È come un medico, ma cura con la medicina olistica e alternativa. È un programma di quattro anni seguito da un internato di due.»

«Ah. Logico.»

Inclinò la testa, trascinando le ciocche rosso-bionde nell'acqua. «Cosa?»

«Il fascino della medicina naturale. Visto chi è tua madre.»

Annuì. «Giusto. Sono cresciuta assistendo a nascite in casa con lei. Quando stiamo male usiamo solo rimedi popolari, anche se mia madre ora può fare prescrizioni. Ho visto più e più volte il corpo riequilibrarsi, col giusto supporto.»

«Ricordo il cataplasma che hai fatto per Oleg quando gli si è infettata la gamba. È guarito rapidamente. Probabilmente è un'arte in via di estinzione.»

Vedere il suo viso brillare alle mie parole mi provocò cose pazzesche allo stomaco.

«Credo nella naturale capacità del corpo di guarire e sono affascinata da tutti i metodi alternativi esistenti. Insomma, ho visto donne che non potevano concepire rimanere incinte usando erbe cinesi e agopuntura. Sapevi che la medicina cinese non crede nell'infertilità se non in una piccola percentuale di casi?»

Scossi la testa, estasiato non tanto dalle sue parole ma dal suo entusiasmo. La luce che brillava sul suo viso era più luminosa della luna. «Sei interessata alla medicina cinese?»

«Beh, la adoro, ma non penso che l'agopuntura sia la mia passione. Voglio solo imparare tutto. E credo che la medicina occidentale abbia il suo senso, ma esistono tantissimi rimedi caduti nel dimenticatoio solo perché non hanno un brevetto e big pharma alle spalle, sai…»

«Ne sono sicuro.» La mia mente stava già facendo gli straordinari cercando di capire come potevo aiutarla, legalmente o illegalmente. Natasha aveva una passione, e non avrebbe dovuto rinunciare ai suoi sogni perché erano poco pratici. Né perché non aveva il supporto di cui aveva bisogno. Inoltre, portarla fuori da Chicago – mandandola in sicurezza alla scuola di naturopatia per quattro anni – sembrava improvvisamente la migliore soluzione possibile per la mia sanità mentale. Un compromesso per il bisogno ardente che avevo di prendermi cura di lei – di infiltrarmi nella sua vita e trasformarci entrambi nel processo – senza rompere il voto fatto ad Alëna.

«Puoi entrare nella vasca, sai.» La sua voce fu improvvisamente morbida. Non capii se timida o stuzzicante.

«Non se ne parla.» Mi alzai.

Mi spruzzò un po' d'acqua sui piedi. «Perché non se ne parla?»

«Ci sei tu, lì dentro.» Parlai andando alle porte alla francese, dandole le spalle. «Nuda. Bagnata. Scivolosa.» I jeans erano ormai troppo stretti quando poggiai la mano sulla maniglia, come se il riconoscimento verbale del suo corpicino da sirena sexy rendesse ancora più difficile resisterle. «E ho circa novecentottanta idee su cosa farti.»

Aprii la porta e la oltrepassai, chiudendola senza guardarmi indietro.

«Dima?» mi chiamò poco prima che si chiudesse.

Mi fermai, trascinandomi in un respiro torturato. Cazzo. Mi girai. *«Da?»*

«Ho dimenticato l'asciugamano. Potresti portarmene uno?»

Un ringhio di disapprovazione mi risuonò in gola. Mi stava manipolando di nuovo. Cercai di nascondermi dietro al fastidio mentre il brivido entusiasta mi aleggiava intorno dandomi la frenesia. Le puntai contro un dito severo. «Solo se rimani nella vasca.»

Fece un rapido cenno, il volto pura innocenza, e avrei dovuto imparare la lezione.

O forse lo avevo fatto.

Forse sapevo cos'avrebbe fatto dal momento in cui aveva chiesto l'asciugamano, e volevo quel risultato.

La mia punizione.

Entrambe le nostre ricompense.

Quel filtro della prigioniera e del suo custode che mi permetteva di giustificare cose che non avevo alcun diritto di fare.

Perché, naturalmente, quando le portai l'asciugamano

emerse dalla vasca idromassaggio, con l'acqua che scorreva sul corpo liscio, evaporando intorno a lei in una nuvola.

I suoi seni erano perfetti: bellezze pallide e dalla punta di pesca con lentiggini che scendevano dallo sterno in giù tra i seni.

Tirai l'asciugamano dietro di lei e lo usai per tirarla contro il mio corpo in modo grossolano.

«Non ti avevo detto che dovevi restare nella vasca?» La voce mi uscì come un ringhio minaccioso, diversissima da qualsiasi voce che avessi mai usato con chiunque nella vita.

Soprattutto con una bella donna.

Forse la cosa mi avrebbe aiutato a credere che non fosse reale… quello che stavo per farle. Quello che avevo già fatto due volte.

Stavo interpretando un ruolo, recitando una parte per la bratva.

Non mi stavo innamorando di una donna. Non mi stavo concedendo a lei. Non potevo offrirglielo.

Poggiò le mani bagnate sul mio petto nudo, aprì le labbra morbide. La accompagnai all'indietro, amando la mescolanza di paura ed eccitazione del suo respiro, gli occhi spalancati.

I suoi polpacci toccarono la parte posteriore di una poltrona e io usai le estremità dell'asciugamano per impedirle di cadere.

«Voltati.» Le mie parole erano fumose. Pericolose.

Lei si girò, obbediente, e io la spinsi in ginocchio sul cuscino.

Afferrò lo schienale della sedia. Il suo culo aveva alcuni segni della sera prima, cosa che mi bloccò un attimo.

Ferire Natasha non era mai stato il piano.

«Allarga le ginocchia.» Il mio latrato gutturale si adattava stranamente alla foresta buia circostante.

Ancora una volta, il suo entusiasmo non poteva essere messo in dubbio.

Natasha, nonostante tutta la sua dolcezza, amava la perversione. Cosa che riusciva a rendermi ancora più pazzo di lei. Le raccolsi i capelli bagnati e le tirai indietro la testa.

«Ti piace essere punita.» La schiaffeggiai leggermente tra le gambe.

Ansimò e tremò, emettendo una piccola nota che suonò come "ooh". Le sculacciai di nuovo la figa. La pelle bagnata scivolava sotto le mie dita, invitandole a indugiare.

Ancora qualche schiaffo e poi accettai l'invito: spinsi il medio attraverso le sue pieghe alla ricerca del clitoride. Lo trovai, e feci un movimento circolare una, due volte.

Le premetti il pollice sul culo mentre le infilavo un dito dentro. Era bagnata, bagnata fradicia.

Tirai fuori le dita e le diedi una leggera sculacciata sul culo.

«Fortuna che non c'è olio d'oliva qui fuori, *amerikanka,* o avrei messo il cazzo proprio qui.» Premetti sull'ano, facendolo spingere contro il polpastrello del pollice. «Immagino che dovrò fartela pagare in un altro modo.» Era sbagliato, più sbagliato che mai, ma mi slacciai i jeans. Il cazzo era duro come l'acciaio per lei, palpitante dal bisogno di essere usato a beneficio di entrambi. «Non ho preservativi ma sono pulito» le dissi mentre spingevo la cappella attraverso i suoi succhi. Stavo aspettando il consenso.

Forse speravo che si spaventasse.

Ma non lo fece. «Prendo la pillola.»

Ignorai la parte del mio cervello che voleva analizzare perché la prendesse.

Voleva che la scopassi.

Le tirai di nuovo i capelli, facendole inarcare la schiena.

«Hai bisogno che ti mostri cosa succede quando mi metti alla prova?»

«Sì» respirò.

Stupida ragazza. Stupida, bella, adorabile ragazza.

Non riuscii a trattenermi. Mi infilai in lei e la mia mente ebbe un cortocircuito: ci stavo troppo bene, lì dentro. Il suo delizioso calore umido… il modo in cui il suo canale stretto mi abbracciava il membro come un guanto.

Era passato così tanto tempo dall'ultima volta che avevo fatto sesso che avevo dimenticato quanto fosse incredibile. Ma quello non era paragonabile ai primi approcci della mia giovinezza. Era tutto diverso. Io ero un uomo diverso. Indurito dalla violenza. Rimosso dalla vita. Non fui un amante gentile. Non fui attento, tranne che per assicurarmi che continuasse a divertirsi. Che acconsentisse ancora.

Ero un animale che puntava a una soddisfazione momentanea. E poiché era così diverso, mi sembrò permesso.

Le sbattei dentro, scopandola forte. Inarcò quella sua esile schiena da gatta, spingendo il culo per assecondare le spinte, portandomi in profondità. Le palle le schiaffeggiavano la carne morbida. Ogni schiaffo mi soddisfaceva in un modo che non capivo. Non ero un sadico. O almeno non lo credevo. Ma l'inebriante senso di potere che offriva con la sua resa mi mandava su di giri.

La vergogna per le contorsioni mentali che avevo fatto per permettermi di spingermi fino a lì si mescolò con l'ebrezza, e diventai ancora più brutale nel martellamento, cambiando la presa per tenerle i fianchi e darle colpi più brevi.

Natasha iniziò a vocalizzare il suo bisogno: brevi grida ansimanti che mi resero ancora più disperatamente bisognoso di scoparla a morte.

«Dima!» Amavo e allo stesso tempo odiavo quando diceva il mio nome.

Lo rendeva personale, ma suonava così dannatamente perfetto allo stesso tempo... diavolo, quello sì che era personale. E fare finta che non lo fosse era una presa in giro.

E una crudeltà nei confronti di Natasha.

Un'ingiustizia nei confronti di Alëna.

E una tortura per me.

«Vieni, *amerikanka*» ordinai.

Chissà perché pensavo di poter comandare l'orgasmo di una donna, ma lei si strinse intorno al mio cazzo come cercando di obbedire.

«Bljad'.»

Ebbi picchi di calore alla base della colonna vertebrale. Pompai più velocemente.

«Dima.»

Ora sembrava allarmata. Conoscevo la sensazione. La pressione prima del rilascio. I miei movimenti si fecero scattosi mentre sbattevo dentro e fuori, sfrecciando fino al bordo del precipizio. E poi venni catapultato su di esso. Spinsi forte e venni.

Natasha si allungò tra le sue gambe per strofinare il clitoride e intrecciare le mie dita con le sue, ma la allontanai. Non appena presi il sopravvento, lei venne. Spinsi dentro e fuori un paio di volte per portarla al raggiungimento completo.

Mi tirai fuori e le diedi uno schiaffo clamoroso, abbastanza forte da farla sussultare.

«Portati l'asciugamano, la prossima volta» le dissi con voce profonda e ruvida.

Misi il cazzo nei pantaloni e poi andai nella mia stanza e chiusi la porta come un vero stronzo.

CAPITOLO UNDICI

Natasha

MI SVEGLIAI con il suono della pioggia. L'orologio accanto al letto diceva che avevo dormito fino alle nove e mezza; molto più tardi di quanto sembrasse, perché il cielo fuori era grigio come quello di una tempesta estiva. Era incredibilmente bello. Avrei voluto fingere che fossimo in quel bellissimo e lussuoso chalet per un weekend. Che saremmo dovuti rimaner dentro a giocare insieme oggi, ma che una volta finito di piovere saremmo andati a fare una passeggiata nella foresta e ci saremmo goduti il profumo della pioggia sui pini.

Mi diressi al piano di sotto. Dima era in ufficio. Passai a controllare Nikolaj, che trovai sveglio.

Il giorno prima avevamo fatto una videochiamata con il dottor Taylor per mostrargli la ferita di Nikolaj, e lui aveva detto che tutto stava procedendo bene.

«Indossi i boxer di Dima?» chiese.

«Sì.» Tirai giù l'orlo. Una cosa era allettare Dima,

un'altra era essere inappropriati di fronte al suo gemello. «Oleg e Story hanno portato da mangiare e roba per computer, ma hanno dimenticato di mandarci dei vestiti.»

«Almeno i tuoi non ti sono stati tagliati.»

Nikolaj abbassò lo sguardo verso la camicia, tagliata sotto le ascelle per l'intervento chirurgico.

«Quindi Dima è senza biancheria?» Sorrise. Ignorai la domanda, ma lui attaccò a cantare *Free Fallin* di Tom Petty sostituendo il *falling* con *balling*.

Cercai di non ridere, anche se era esilarante. «Ti senti meglio, mi pare.»

«Sono solo intontito dai farmaci. Perciò… dovrei fingere di non averti sentita urlare fuori dalla mia stanza ieri sera, dire.»

Disse con disinvoltura Nikolaj mentre gli misuravo la febbre. Mi uscì un verso soffocato dalla gola e le sue labbra si allungarono in un sorriso.

«La prossima volta potreste allontanarvi un tantino dalla porta, no?»

«Scusa. Non era esattamente pianificato…»

«Ah no?» Lasciò risuonare un tono incredulo nella voce. Il viso mi divenne caldo. «Non sto giudicando. Al contrario, Natasha. Cerco di convincere Dima a provarci con te sin dal primo giorno.»

«Provarci?» feci eco, non sicura che mi piacesse come suonava.

«Mi dispiace. Ti sei offesa?» Ammiccò mentre cercava di mettersi seduto meglio. Lo aiutai a piegarsi in avanti e a regolare i cuscini dietro le spalle. Odiavo la sua fragilità.

«Posso farti una domanda?» E gliela posi senza aspettare risposta. «Perché Dima non può avere una relazione?»

Nikolaj scosse la testa lentamente. Era ancora pallido, e aveva bisogno di una bella rasatura. «Ti ha detto così?»

«Smettila di rispondere alle mie domande con altre domande.»

«Che cos'ha detto esattamente?»

«Ha detto: *non posso avere una relazione. Quindi non voglio condurti in quella direzione.*»

«*Bljad'.*» Nikolaj grugnì e si strofinò il viso con la mano. «Allora credo… dunque, fece una promessa a una ragazza che è morta. E mio fratello non infrange le sue promesse.»

Lo guardai con orrore. *Una ragazza che è morta.* L'anello che indossava al dito. Perché non mi era mai venuto in mente che lo indossasse come ricordo?

«Chi era?»

Nikolaj scosse la testa. «È stato tantissimo tempo fa.»

Chissà se per me o per lui, ma mi venne voglia di scoppiare a piangere. Resistetti però all'impulso.

«Natasha…» Lo sguardo azzurro di Nikolaj – così identico a quello di Dima – si posò sul mio viso, e lui vide quello che stavo cercando di nascondere. Allungò la mano e prese la mia. «A un certo punto, il dolore di resisterti diventerà più grande del dolore di tradire il suo fantasma. Spero… spero solo che tu possa perdonarlo per il casino che combinerà nel frattempo.»

Sbattei le palpebre rapidamente; il patchwork di bende che copriva il mio cuore si allentò e si staccò.

Non era Dima a chiedere perdono, ma Nikolaj per suo conto. Era il suo gemello che ammetteva che Dima mi aveva trattata ingiustamente.

Leniva il dolore, ma non mi dava speranza.

Ora capivo, almeno, qual era il blocco di Dima. Ma non volevo fargli infrangere una promessa fatta a una ragazza morta. Non volevo più fare la tentatrice. Mai più, visto ciò che c'era in gioco per lui. La sua lealtà. Il suo amore.

Non era giusto per nessuno dei due continuare con

quella follia. Liberai le dita dalla presa di Nikolaj e mi allontanai.

«Certo che lo perdono» dissi mentre il cuore si scioglieva e mi usciva dal petto.

Perdonavo tutto.

E avevo bisogno di andare avanti.

DIMA

Passai la mattinata a risolvere il problema del prestito studentesco di Natasha. Il mio primo istinto fu semplicemente quello di cancellare l'esistenza digitale di qualsiasi prestito di quel tipo. Ma anche se ero sicuro al cento per cento di me stesso e della mia capacità di non venir mai scoperto, sapevo che a Natasha non sarebbe piaciuta l'idea di aver rubato per studiare. Così trasferii del denaro dai miei risparmi per pagare i suoi prestiti, circa quarantamila dollari in tutto.

Poi hackerai la sua email per trovare ogni singola scuola in cui aveva presentato domanda per il corso di naturopatia e feci un controllo incrociato tra tutte le scuole presenti nell'elenco delle migliori. Anche se era estate e le scadenze per la candidatura risalivano a nove mesi prima, misi insieme i documenti della domanda e iniziai il processo di hacking nei file di iscrizione delle migliori scuole in circolazione. Non sapevo bene come procedere di preciso, ma speravo di poter inserire le domande facendo in modo che sembrasse che fossero sempre state lì, magari di inviarne alcune tramite email facendole passare per scelte fatte da importanti presidi della scuola o come una verifica del loro stato.

Dovevo renderlo perfetto. Aveva bisogno non solo di entrare in tutte queste scuole, ma anche di ottenere delle borse di studio, perché dubitavo che avrebbe ottenuto un altro prestito.

Non era un compito impossibile. I suoi voti erano buoni. Per lo più A, alcune B. Entrai nel suo libretto universitario e cambiai le B in A. Il suo punteggio al test di ammissione a medicina era buono.

Trovai l'ultimo saggio che aveva scritto. Non era affatto male. Un po' semplice. Lo mandai a Lucy, la moglie di Ravil. Lucy era un brillante avvocato con capacità di scrittura di prim'ordine. Avrebbe potuto essere in grado di trasformarlo in qualcosa di spettacolare. O almeno così speravo. Le mandai le mie idee sulla questione; poteva partire con una storia sulla partecipazione alle nascite con sua madre e sui miracoli che aveva visto e legare insieme quell'atto naturale con la guarigione naturale del corpo, o qualcosa del genere. Insomma, io nella loro lingua non sapevo scrivere oltre a un livello di quinta elementare, ma ero sicuro che Lucy avrebbe potuto renderlo brillante.

Finito con quello, cancellai ogni carta di debito e di credito in possesso di Alex solo per creargli qualche casino. Aveva provato a chiamare Natasha circa una dozzina di volte, e ogni volta che lo faceva io tornavo alla mia postazione per creargli un altro casino.

L'ultimo messaggio diceva, *mi è davvero piaciuto stare con te – su quello non stavo fingendo.*

Per quanto questo mi facesse venire voglia di ucciderlo in cento diversi modi, ecco la prova definitiva che Natasha non aveva idea che la stesse prendendo in giro. Cosa che potevo dimostrare a Ravil, se avesse messo in dubbio la sua lealtà.

NEL POMERIGGIO, Natasha mi mise alle strette in ufficio. La pioggia che si era riversata per tutta la mattina si era appena attenuata.

«Posso riavere il telefono?» Indossava la stessa ridicola maglietta da pesca e i miei boxer, riuscendo in qualche modo a rendere l'outfit casto e pornografico allo stesso tempo.

«No.»

Sbuffò dalla sorpresa. «Perché no?»

«Non ho ancora sistemato le cose con il tuo ragazzo.» Ero un cazzone. Un bambino totale. Aveva detto che non ci aveva fatto sesso. Mi aveva detto di aver indossato quel vestito per me, non per lui, e di averlo portato alla partita per forzarmi la mano.

Non avrei dovuto sentirmi ancora minacciato da lui.

Forse era il fatto di non poter rivendicare Natasha a rendermi un pazzo possessivo. Saperla una preda facile – adesso o quando avessimo lasciato il rifugio e fosse tornata alla sua vita – mi faceva venire voglia di commettere un omicidio.

La sua mascella si fermò. «Non è il mio ragazzo.» Mise le mani sui fianchi in una posizione che, purtroppo, mi indurì il cazzo. Era così dannatamente carina quando era arrabbiata. «Ho bisogno del telefono, Dima. Devo cancellare gli appuntamenti dei massaggi che avevo programmato questa settimana. E se mia madre chiamasse?»

Il senso di colpa mi diede un filo di dolore sotto lo sterno. Lo strofinai. «Ha chiamato ieri. Ma le ho mandato un messaggio per dirle che l'avresti chiamata oggi.»

«Cosa?» Gettò le braccia in fuori esasperata. «E quando avevi intenzione di ridarmi il telefono per fare quella chiamata che le hai promesso?»

Mi scagliai contro di lei. «Beh, gliel'avevo promesso prima che loverboy iniziasse a tempestare il telefono.»

Alzò gli occhi e tese la mano, in attesa. «Dammi quel dannato coso.»

Non riuscii a decidere se amavo o odiavo che avesse capito che non ero affatto un pericolo per lei.

«Bene» tagliai corto. «Ma farai le tue chiamate in mia presenza, e poi me lo restituirai.»

Scosse la testa e sospirò. «Come vuoi.»

Le misi il telefono in mano. «Resta in questa stanza» la avvertii.

Mi voltò le spalle ma non se ne andò. Scrisse a tre clienti dicendo di aver avuto un'emergenza familiare e aver dovuto lasciare la città, poi chiamò sua madre.

«Ciao, mamma» disse quando il telefono si collegò. Sentii un flusso di russo dall'altra parte, e poi Natasha rispondere nella sua lingua: «No, va tutto bene... il mio appuntamento?»

Si girò a guardarmi. Mi si allargarono le narici.

«Non eccezionale. Non lo rivedrò più.»

Sostenne il mio sguardo mentre lo diceva, come se stesse cercando di dimostrarmi qualcosa. Per quanto soddisfacente potesse essere, non avevo il diritto di chiedere nulla della sua vita sentimentale.

Non ero il suo ragazzo. Non potevo esserlo. Avevo dato il mio cuore a un'altra.

Non riuscivo a distinguere le parole di Svetlana, ma il tono sembrava persuasivo come se volesse che Natasha ritentasse.

Mi allontanai in modo che Natasha non potesse vedere il mio sguardo furioso, le dita che si stringevano a pugno.

«Mi stava usando, mamma. Voleva...» si interruppe quando mi mossi e le diedi un'occhiata di avvertimento. «Non eravamo compatibili, tutto qui.»

Ci fu un po' di botta e risposta; Natasha chiedeva della

zia, la madre voleva sapere se aveva annaffiato le piante, e poi riagganciò.

Mi restituì il telefono con uno sguardo feroce. «Ho superato il test?»

Avevo le scuse sulla punta della lingua: gliene dovevo sicuramente una, ma proprio in quel momento il telefono si illuminò per un'altra chiamata di Alex, e digrignai i denti dal desiderio di distruggere quella dannata cosa. Il mio telefono squillò nello stesso momento, e quando vidi che era Ravil risposi, guardando Natasha uscire con disinvoltura dalla stanza a testa alta.

«Cos'hai scoperto su Alex Volkov?»

«Niente che non ti abbia già detto.»

«E sui suoi gusti in fatto di donne? Ne frequenta molte? Che tipo di donne gli piacciono?»

«Ha avuto un paio di fidanzate al college. Sembrano ragazze simpatiche e normali. Una giocava a calcio, una è diventata insegnante. Perché?»

«Pensi che provi dei sentimenti reali per Natasha? Che cosa ti ha detto lei di lui?»

Beh, cazzo. Non l'avevo esattamente convinta ad aprirsi sul loro passato, visto quant'ero impegnato a pestare i piedi come un bambino anche solo perché erano usciti insieme.

«Perché?»

«Si è appena presentato al Cremlino, da solo. Majkl gli ha impedito di superare l'atrio, ovviamente, ma ha fatto una scenata, diceva di aver bisogno di vedere Natasha. Ha detto che sarebbe tornato con un mandato per perquisire il posto, se non lo avessimo lasciato salire da lei.»

Ravil fece una pausa e la sua voce si ammorbidì.

«Lucy è scesa e gli ha servito le sue palle su un piatto.»

Mi rilassai un po'. «Bene.»

«Gli ha detto che abbiamo un filmato di quello che ha

fatto, e che sarebbe stata felice di inviarlo a tutti notiziari della città, oltre che a tutti i supervisori dell'FBI, e poi gli ha detto di trovarsi un avvocato perché avremmo intentato una causa civile contro di lui.»

«Se n'è andato?»

«Se n'è andato. Ma devi fare in modo che Natasha lo chiami. Io e Maxim sospettiamo che sia uno con la sindrome da eroe e che tema per la sua sicurezza. Voglio che lei lo chiami prima che ottenga quel mandato.»

Di tutti i fottuti ordini del *pachan*…

Dannazione.

«La faccio chiamare subito.» promisi, anche se pronunciare quelle parole sembrava simile a ingoiare vetro.

«Mandami un messaggio quando è fatta.»

«*Da, pachan.*»

Uscii dall'ufficio per cercarla.

Soppressi l'impulso di gridare il suo nome con rabbia per farla venire di corsa.

Non era colpa sua. Cioè, sì che lo era.

La trovai nello stanzone, in piedi alla finestra gigantesca come se stesse guardando le gocce di pioggia scendere giù dal vetro.

«*Natasha.*» Dannazione. Dovevo ricompormi. Sembrava già che fossi venuto per la sua testa. Si girò di scatto con quei bellissimi occhi spalancati.

Le porsi il telefono. «Devi chiamare Alex.»

Emise un *pfft*. «Io non chiamo Alex.»

«Invece sì. Ordini di Ravil. Si è presentato al Cremlino per vederti e ha minacciato di farsi dare un mandato di perquisizione per il tuo appartamento.»

Non prese il telefono, lo guardò solo con sospetto. «E cosa dovrei dire?»

«Lascia che senta la tua voce e che sappia che sei viva.»

«Bene.» Mi strappò il telefono dal palmo della mano e

aprì la rubrica. Quando inserì nella ricerca Alex, non venne fuori.

«Ah già… ho cambiato il nome in *coglione*.»

Mi lanciò uno sguardo furioso.

Feci spallucce. «Puoi ricambiarlo in *tesoruccio* quando riavrai i tuoi privilegi telefonici.»

Mi guardò. «I miei privilegi telefonici? Seriamente? Quando hai intenzione di superarla?»

«Quando mio fratello non avrà più una flebo nel braccio e potrà alzarsi dal letto» risposi; un bel colpo basso, perché una cosa di cui ero certo era la sua disperazione per quello che era successo a Nikolaj. Mi diede le spalle, ma senza nascondere il volto in nessun modo, dato che ne vedevo il riflesso nelle finestre.

«Alex?» suonò un po' senza fiato quando rispose, e io digrignai i molari.

«Natasha! Stai bene? Dove sei?»

«Ho saputo che sei venuto dove abito.»

«Sì. Sei ferita? Sei prigioniera della bratva? Cosa sta succedendo?»

«Perché non me lo dici *tu* cosa sta succedendo?» chiese freddamente, e improvvisamente fui in grado di respirare un po' meglio.

«Possiamo vederci di persona? Niente di che, voglio solo spiegarti tutto. Ti meriti la verità. Potremmo prendere un caffè nel pomeriggio…»

«Questo pomeriggio non posso.» Natasha si girò, e il suo sguardo cercò il mio. Aggrottai le sopracciglia e scossi la testa. Apparve una piega tra le sue sopracciglia.

Feci il gesto di una linea sulla gola per farle chiudere la chiamata.

«Senti, non voglio davvero stare insieme a te, Alex. Hai sparato a un mio amico. Mi hai usata per le tue indagini. Non accetto niente di tutto questo, e non mi interessa per niente sentire la tua versione della storia. Buona vita.»

Attaccò.

«Contento?» Era arrabbiata con me, e non potevo davvero biasimarla. Mi stavo comportando come un idiota geloso quando non potevo avere alcuna pretesa su quella donna. Eppure avevo ancora voglia di fare i capricci da adolescente.

Ripresi il telefono. «Se sono contento che il coglione stia ovviamente ancora cercando di usarti?»

Strizzò gli occhi alle parole *usarti*, e ricordai la ferita inflittale dalla sua amica d'infanzia. Dannazione. Odiavo Alex ancora di più per aver toccato il suo punto debole.

«*Net.* No. Niente affatto. Non sono contento neanche che stia ancora respirando, francamente, e se non fosse un federale non sarebbe così.»

Natasha sbatté le palpebre, impallidendo. Indietreggiò; il petto si alzava e scendeva rapidamente.

Bljad'. Era terrorizzata di nuovo. E avevo confessato di essere un assassino.

«Avrebbe potuto *uccidere Nikolaj*» le dissi, indicando la camera da letto dove Nikolaj stava ancora soffrendo. «È fortunato che l'abbia lasciato vivere.» Chissà perché, ma sentivo il bisogno di difendere la mia rabbia. La parte razionale di me sapeva che ero nel torto, ma non riuscivo proprio a trovarla. E tutto a causa di Natasha. Di quello che lei mi faceva. Che faceva alla mia sanità mentale. «Non so ancora nemmeno cosa stesse cercando, ma sai cosa so?»

Fece un altro passo indietro. La pioggia si fermò come se la mia invettiva ne avesse interrotto il flusso. Ormai solo la spolverata di gocce che cadevano dagli alberi accarezzava il tetto e le finestre.

«So che non sarebbe mai venuto a quella partita se non

lo avessi portato tu. E che io non ti avrei mai dato l'indirizzo se non mi avessi preso in giro.» Sbattei il palmo della mano contro la finestra e lei si ritrasse. Mi odiavo già per essere stato così crudele, ma non riuscivo a contenere la rabbia. Non riuscivo a riprendermi. Ormai non potevo più rimangiarmi tutto e scusarmi.

Le ci vollero un paio di secondi per vincere la paura che le avevo appena instillato, e quando lo fece fu uno spettacolo bellissimo da vedere. Natasha si raddrizzò bene e strinse le labbra, con la rabbia che le ardeva negli occhi luminosi. La pelle da pallida divenne arrossata, e si spostò le ciocche color zenzero su una spalla.

«Non posso cambiare quello che è successo.» I suoi occhi erano pieni di lacrime e aveva i pugni serrati ai fianchi. «Se potessi, lo farei. E ovviamente non riesci a superarla. Quindi penso che faremmo meglio a mantenere le distanze l'uno dall'altro fino a quando…» si interruppe, probabilmente arrivando alla consapevolezza che non era lei a condurre lo spettacolo. Avevo impostato io le regole. Decidevo io se e quando se ne sarebbe andata e cosa sarebbe successo mentre era lì. E probabilmente fu per quello che si girò.

CAPITOLO DODICI

Natasha

Non sapevo dove stavo andando. Tutto quello che sapevo era che avevo bisogno di un po' d'aria fresca. Avevo bisogno di allontanarmi da Dima e dalla sua rabbia e dal suo biasimarmi. Dai miei rimpianti e desideri. Dalla costante agitazione e dal desiderio che Dima produceva in me.

Aprii la porta sul retro e scesi giù per i lisci gradini di legno del portico fino alla terra bagnata dalla pioggia. Era spugnosa e bagnata sotto i miei piedi nudi, il fango mi affondava tra le dita dei piedi mentre correvo.

«Natasha.»

Accidenti a lui. Mi ignorava per ore e ore, e l'unica volta che avevo bisogno di un po' di spazio doveva seguirmi? Continuai a correre, dirigendomi verso il boschetto di alberi, con le lacrime che mi accecavano.

«Natasha, torna allo chalet!» Dima mi seguì.

Mi misi a correre più veloce.

«Ami davvero che ti punisca, non è vero?» gridò.

Oh, diavolo no. No, no, no, no, no. Non gli avrei

permesso di rinfacciarmelo. Di farmi vergognare per gli atti intimi che avevamo condiviso. Mi girai e tornai indietro verso di lui, schiaffeggiandolo in volto il più forte possibile. I suoi occhi azzurri si spalancarono dietro gli occhiali dalla montatura nera, sgomento per l'inerzia della sua bocca. «Credo di meritarlo.»

Mi girai di nuovo, con l'intenzione di correre via, ma lui mi afferrò alla vita. Mi divincolai dalla sua presa, ma i piedi mi scivolarono nel fango e piantai la faccia in una pozzanghera.

«Oh, piccola… Natasha, mi dispiace.» Dima venne di corsa ad accovacciarsi accanto a me.

Per un momento non mi mossi, pregando che la terra si aprisse inghiottendomi. Quando sentii le sue mani sulle mie spalle, cercai di divincolarmi. Se prima volevo scappare da lui, adesso l'impulso era quadruplicato.

«No, per favore.» Mi prese intorno alla vita e mi trascinò indietro, tirandoci entrambi a terra, io cullata contro il suo corpo nel fango. «Mi dispiace. Mi dispiace tanto.» Mi scostò i capelli bagnati e sporchi di fango dal viso con tocco gentile.

«Niente di tutto questo è colpa tua, Natasha. È tutta colpa mia.» Mi cullò la guancia nel palmo della mano. «Tu sei… sei speciale per me, non so dire perché. E la mia attrazione per te offusca il mio giudizio.» Mi tolse una ciocca di capelli bagnata dalla fronte e la portò indietro. «Non avrei mai dovuto darti l'indirizzo della partita. Sapevo che era sbagliato, ma mi sono confuso. E il mio errore ha quasi ucciso Nikolaj.» Scosse la testa, chiudendo gli occhi per il dolore. «Non è la prima volta che è quasi morto a causa mia.»

Era tutto troppo brutale e vulnerabile. Avrei voluto seppellire la faccia e nascondermi, ma Dima stava esponendo anche le sue vulnerabilità, ed era impossibile distogliere lo sguardo. L'infelicità gli fece apparire improvvisamente vecchio il volto giovanile.

«Lui è l'altra metà di me» spiegò. «E io non ho fatto altro che trascinarlo in pericolo. È nella bratva a causa mia.»

«Si rimetterà» promisi. Non ero un medico, ma Nikolaj sembrava stabile. Migliorava un po' ogni giorno.

«Mi dispiace che tu ti sia trovata invischiata in tutto questo, Natasha. Mi dispiace di averti incolpata. Sono stato uno stronzo. Solo perché... avevo bisogno di allontanarti. È difficile per me pensare in modo lucido quando sei nelle vicinanze. E non posso...» Appoggiò la fronte contro la mia e scosse lentamente la testa.

«Non puoi cosa?» sussurrai.

«Non sono la persona che fa per te, *amerikanka*. E tu non puoi essere mia.»

Il dolore mi attraversò il cuore. Mi prese l'impulso di scappare di nuovo, di cercare di sfuggire al dolore del rifiuto, ma prima che potessi divincolarmi per liberarmi, Dima si sporse in avanti e mi sfiorò le labbra con le sue.

Rimasi ferma.

Con tutte le cose che avevamo fatto, ci eravamo baciati appena. Aprì le labbra, le chiuse intorno alle mie. La mano che era sulla mia guancia scivolò sulla nuca, e mi tenne ferma mentre approfondiva il bacio, spingendo le labbra contro le mie, assaggiandomi, poi infilandomi la lingua in bocca.

Gli avvolsi il braccio dietro il collo e risposi al bacio. Niente mi aveva mai fatta sentire così bene: quel disordinato e vulnerabile incontro di labbra, l'accoppiamento delle bocche nel mezzo di una pozzanghera dopo un temporale. Il mio corpo prese vita, ogni nervo rispose all'intensità del suo bacio. I miei capezzoli si indurirono sotto la maglietta stretta e bagnata, mi bagnai tra le gambe.

Cambiai posizione mettendomi a cavallo della sua vita, e poi mi spinse di nuovo nel fango.

«Natasha...»

Fu un lamento. Come se si fosse spezzato. Come se fosse dispiaciuto. Ma chissà se era dispiaciuto per avermi fatto del male o per quello che stavamo per fare.

Mi baciò lungo la mascella, mi succhiò il collo. «Ti voglio» sospirò senza fiato.

«Anch'io ti voglio» mormorai.

Si sbottonò i jeans e liberò la sua lunghezza, e poi si spinse dentro di me, spingendo facilmente verso il basso le mutandine e i boxer. La mia schiena affondò nel fango morbido mentre mi inchiodava i polsi accanto alla testa e lentamente, dolcemente oscillava, sostenendo il mio sguardo come se stessimo eseguendo un rituale sacro che richiedeva la sua massima concentrazione.

«Sei bellissima» mormorò. «Non puoi capire quanto sei bella per me.»

Le sue parole mi penetrarono, turbinando e risalendo a spirale il mio nucleo centrale, e io le accolsi come frammenti spezzati del suo amore trattenuto. Qualche altro pezzo cui aggrapparmi e da conservare per dopo, per quei momenti in cui avrei cercato di riorganizzarli e sistemarli tutti insieme nel tentativo di renderli reali. Integri.

Ti amo, Dima.

Ecco le parole che mi passavano per la testa e che avrei voluto dire, ma le trattenni. Aveva già detto che non ero giusta per lui e che lui non poteva essere mio.

Era possibile amare qualcuno che non faceva per te?

Sì! Urlò il mio cuore a brandelli. Illogico magari, ma vero.

Avevo sempre provato qualcosa per Dima, così come

lui aveva sempre provato qualcosa per me. Sembrava tutto giusto quando ero con lui. Avevo la sensazione di conoscerlo, anche se non era così. E anche dopo tutti i suoi rifiuti, ero ancora qui, a prendere tutto ciò che era disposto a dare, in attesa del momento in cui sarebbe stato pronto a dare di più.

«Natasha.» Sprofondò con la testa nel mio collo, muovendosi a ritmo costante dentro di me.

«Tu sei la pioggia estiva e il sole che splende dopo.» Mi morse l'orecchio. «Sei tutto ciò che c'è di gentile e puro nel mio mondo. E sono un disilluso da tantissimo tempo.» Mi baciò lungo la clavicola. «Ti aiuterei con le dita, ma sono coperte di fango» mormorò come rivelandomi un segreto che non voleva che gli alberi sentissero.

Risi. «Verrò, se vai più forte.»

Gli occhi di Dima si scaldarono. Il suo sorriso era morbido e indulgente.

«La mia più grande sorpresa» disse, rilasciandomi i polsi e spingendo le mani a terra accanto alla mia testa per andare più in profondità.

«Cosa?»

«Che ti piaccia brutale. Non l'avrei mai indovinato.»

«Nemmeno io» ammisi; gli occhi mi roteavano già indietro nella testa mentre aumentava l'intensità dei colpi, sbattendo più forte e più in profondità, ma ancora a un ritmo lento e misurato. La pressione in me crebbe, salendo e avvolgendosi sempre più forte fino a quando Dima non mormorò: «Ci sei vicina?»

Annuii; il mio sguardo si era bloccato sul suo.

Non batté ciglio, non distolse gli occhi. Mi bloccò con quel bellissimo sguardo azzurro e mi perforò più velocemente, più duramente, fino a quando il bisogno non rese i suoi movimenti scattosi; aveva la bocca aperta.

«Natasha!» sussultò. «Sto venendo!»

I miei muscoli si strinsero attorno al suo membro spesso, e lui spinse ancora più forte e più velocemente, pompando fino alla sua fine mentre io venivo e venivo sotto di lui.

Quando fu finita, quando aprii gli occhi – chissà quando li avevo chiusi – scoprii che mi stava ancora fissando con la stessa folle intensità.

«Dima.»

Non sapevo perché, ma sembrava la nostra prima volta. Sembrava la mia prima volta, in assoluto. Forse perché il sesso non era mai stato così intimo e condiviso. Non era bello o romantico o caldo. Non avevo lingerie sexy. Non mi aveva mostrato le sue mosse esperte. Ci eravamo fatti a pezzi nel fango e poi ci eravamo rimessi insieme, una spinta alla volta, fino a quando non eravamo stati di nuovo quasi interi. Interi sì, ma riorganizzati, come se alcune delle mie parti rotte si fossero incollate alle sue e le sue alle mie.

Abbassò lentamente la testa e mi diede un bacio sulla fronte. «Tiriamoti fuori dal fango.» La sua voce era tutta gentilezza e sussurri.

Scivolò fuori da me e raddrizzò le mutandine e i boxer. «Vieni qui, *rodnaja*.» Mi tirò su da terra per prendermi, per un momento, in braccio.

Il sole filtrava attraverso i pini, illuminando le goccioline d'acqua e facendo brillare la foresta. Mi baciò sopra la testa, mi strinse con un braccio e mi riportò al rifugio. C'era una tristezza in lui, come se avesse tenuto tutta quella rabbia viva tra noi prima e, ora che era caduta, rimpiangesse qualcosa.

O qual*cuna*.

Forse si era pentito di aver infranto la promessa che le aveva fatto.

Aveva scelto me? O era stato un altro dei suoi errori?

Non riuscivo a convincermi a chiederglielo. Era troppo bello avere il suo braccio protettivo intorno. Sentirlo sussurrare cose dolci. Cavalcare la beatitudine post-orgasmica fino a dove ci avrebbe portati.

Mi prese la mano quando entrammo e mi condusse al mio bagno, al piano di sopra, dove mi tolse la maglietta inzuppata, poi si accovacciò per abbassarmi le mutandine e i boxer, tirandomeli via dalle caviglie.

Me ne stavo lì, assorbendo la sua attenzione, lasciandola filtrare in tutti i buchi e le fessure che aveva sfondato in quegli ultimi giorni. Aprì l'acqua della doccia e mi aiutò a entrare, poi si tolse i vestiti e si unì a me.

Sporcizia, aghi di pino e foglie minuscole trasformarono l'acqua ai miei piedi in una zuppa di fango. Il sorriso di Dima era morbido mentre mi aiutava a pulire lo sporco dalla fronte e dai capelli. Prese la saponetta e mi passò le mani addosso.

Fu sensuale ma non sessuale. Aveva un barzotto, ma non credevo che mi stesse seducendo. Era come se ... stesse chiedendo perdono.

Lasciando la decisione a me.

C'era della leggerezza tra di noi. Come se nessuno dei due volesse nulla dall'altro; come se ci accontentassimo solo di stare insieme. Di esistere nella stessa energia. Di comunicare, immaginai.

Mi lavai i capelli mentre lui si insaponava il corpo. Cambiammo posto in modo che potesse sciacquarsi.

«Stai bene?» chiese dolcemente quando aprì gli occhi e mi beccò a guardarlo.

Stavo ammirando la sua bellezza, in soggezione per tanta vicinanza a lui.

Annuii.

«C'è una pizza surgelata che potrei mettere in forno per la cena.»

Sorrisi. Era così semplice e familiare. Così ordinario. Come se fossimo amanti da diverso tempo invece che vicini senza benefici. O la prigioniera e il suo rapitore.

«Buona idea.»

«Hai finito?» chiese, con una mano sul rubinetto. Quando annuii, chiuse la doccia e aprì la tenda. Afferrò l'asciugamano più vicino e me lo porse, da vero gentiluomo. Io mi ci avvolsi dentro e fissai i vestiti sporchi sul pavimento.

«Pare proprio che tornerò a indossare quel maledetto vestito.»

«La mia tortura» mormorò lui asciugandosi con movimenti rapidi ed efficienti. Ammissione che mi mandò soffici nuvole piacevoli come zucchero filato a fluttuare dentro.

Solo che sentivo ancora della tristezza in lui. Stanchezza. Sconfitta. O stavo interpretando male? Avvolse l'asciugamano intorno alla vita e raccolse il mucchio dei nostri vestiti fangosi.

«Li metto a lavare e accendo il forno.»

Lo guardai cercando di non concentrarmi sul porno domestico. Le cose erano cambiate tra di noi, sì. Ma, per quanto dolce fosse Dima, non pensavo che fosse felice del cambiamento.

Semplicemente non era più arrabbiato.

CAPITOLO TREDICI

Dima

Scesi le scale e accesi il forno, poi appoggiai il culo contro il bancone e fissai il muro.

Cosa stavo facendo?

Cosa *diavolo* stavo facendo?

Non potevo farlo con Natasha. Eppure... non avevo scelta. Abbandonarla a sé stessa sarebbe stato inconcepibile. Ero già stato più crudele con lei di quanto potesse sopportare. Vederla distrutta e sapere che ero stato io a spezzarla...

...mi aveva sventrato.

Avrei dovuto vivere con quella merda fino al giorno della mia morte.

Quindi sì, non vedevo altro modo per aggirare la cosa. Avevo bisogno di rimettere insieme i suoi cocci. Di guarire le ferite che le avevo inflitto, prima di liberarla.

Il senso di colpa per il modo in cui l'avevo trattata si mescolava a quello che provavo per aver infranto il mio voto ad Alëna.

Sono ancora tuo, le avevo promesso. *Sarò sempre tuo.*

Strano però che, nonostante il senso di colpa logorante, il legame con Alëna fosse più forte del solito.

Forse perché i ricordi che avevo di lei erano riaffiorati in superficie. L'intimità con qualcuno aveva riportato tutto indietro. La prima volta. Lo studio dei reciproci corpi. La mia disponibilità a morire, se ciò avesse significato permetterle di vivere la sua giovinezza.

Non la paragonavo a Natasha: erano persone totalmente diverse. E io ero totalmente diverso con lei rispetto a com'ero con Alëna. Non volevo che mi si confondessero nella mente.

Niente affatto.

Per me era importante conservare ogni singolo ricordo di Alëna. Il forno emise un segnale acustico e mi resi conto che non mi ero mosso da quando l'avevo acceso. Tirai fuori dal congelatore la pizza surgelata, la aprii e la buttai sulla griglia, impostai il timer del telefono su sedici minuti e poi portai i vestiti sporchi in lavatrice e avviai il ciclo più breve possibile. Pessima era l'idea che scorrazzassimo nudi. Quando feci capolino nella camera da letto principale, trovai Nikolaj sveglio.

«Ho fame» disse.

«Bene. Riscaldo un po' di zuppa.»

Gemette. «Sento odore di pizza.»

Ammiccai. «Spiacente, ma il dottore ha detto solo zuppe o cibi morbidi per ora.»

La mattina avevamo fatto una videochiamata con Taylor per fare il punto.

«Vuoi che ti porti un laptop, così puoi guardare un film?»

«Da.»

Andai a prendergli il laptop e, mentre lo preparavo, mi disse: «Dovresti tenerla.»

Le mie dita si bloccarono sui tasti. L'anello di Alëna luccicò sotto la luce, ammiccandomi. «Non posso.»

«Invece puoi. È permesso, Dima. Qualunque regola tu abbia stabilito per te stesso a diciassette anni può essere cambiata. Proprio come Ravil cambia le regole della bratva. Persino quelle che avrebbero portato a morte certa, se infrante.»

«Smettila» dissi con fermezza. Dentro di me, qualcosa tremava e si infrangeva. «Lascia stare.» Non lo guardai, come se pensassi di dover tenere il mio dolore dentro, solo per me.

«È permesso» ripeté Dima, ma senza combattività nella voce.

Lo lasciai con il portatile e me ne andai, sentendomi il corpo improvvisamente vecchio di un milione di anni. Natasha scese al piano di sotto; la sua bellezza dal viso fresco fu ancora più straziante, perché indossava solo l'asciugamano.

Entrò in cucina armeggiando le estremità della spugna sopra il seno sinistro. «Posso aiutarti in qualche modo?»

«Net, amerikanka. Vedi se riesci a trovare un film in televisione.» Le parlai gentilmente, ma avevo un disperato bisogno di una certa distanza tra noi. Si rannicchiò sul divano in pelle a forma di L e si avvolse in una coperta soffice, cosa che alleviò parte della mia tensione.

Feci scivolare fuori la pizza e ne tagliai un pezzettino per Nikolaj, portandoglielo prima. Poi accumulai il resto su un piatto per Natasha e me. Portai un rotolo di carta da cucina nel soggiorno e mi sedetti accanto a lei.

«Cosa ti va di vedere?» Navigò su Netflix alla stessa velocità con cui l'avrei fatto io, scorrendo le proposte.

«Scegli tu» le dissi. Nell'attico avrei litigato con Sasha, facendo un gran chiasso per non guardare commedie romantiche, ma per gioco. In quel momento volevo solo che Natasha fosse tranquilla. Quindi qualsiasi cosa volesse guardare per me andava bene. Mi puntò quei grandi occhi verdi addosso per un momento, poi scorse ancora più velocemente.

«Ehm... non ci riesco.» Si morse il labbro adorabilmente. «Non so cosa ti piace.»

«Non scegliere per me, scegli secondo i tuoi gusti.» Le feci un gesto con una fetta di pizza. Sapeva di cartone come la scatola in cui si trovava. Ovviamente era ancora turbata dalla mia risposta, perché tra le sue sopracciglia apparve una piega mentre scorreva verso il basso. Scelse le commedie, poi sfogliò la categoria. «*Easy girl?*»

«Non l'ho mai visto.»

Premette play e ci mettemmo a mangiare e a guardare il film in silenzio.

Ovviamente era un film sul sesso. Con un'adorabile rossa come protagonista. E io ero seduto accanto a Natasha, nuda sotto alla coperta. Ma almeno non pativo quel bisogno accecante di reclamarla come prima. Non ero costretto a digrignare i denti, pronto a scagliarmi perché riuscivo a malapena a controllarmi.

Qualcosa nel portarla là fuori nel fango – l'onestà della situazione, forse – aveva allentato il mio cappio.

Avevo ammesso di volerla e l'avevo presa.

Sbagliato, ma anche giusto.

E ora avevo bisogno di sistemare il casino che avevo fatto.

Finito il film, misi in pausa sui titoli di coda.

«Natasha...»

Si girò, il bel viso aperto e curioso. Non era truccata, ma non sembrava diversa: la sua era una bellezza naturale che non richiedeva molto miglioramento.

Era abbastanza vicina da permettermi di sentire il profumo del suo shampoo e il calore del suo corpo accanto al mio. Le sollevai la coperta più in alto sulla spalla nuda. «Stai bene?»

Mi scrutò. «Io sto bene. E tu?»

Scossi la testa. «Non proprio, no.»

Le presi la mano e la tenni, fissandone le dita sottili e pallide. Le unghie corte e pulite che erano state smaltate in rosa pallido ma che ora erano semi scrostate.

«Non lo chiamerò un errore. Lo è stato farti piangere: quello è stato imperdonabile.»

Chiusi gli occhi e scossi la testa.

Chiuse le dita sulle mie. Mi sistemai, togliendo le dita e tenendole la mano in entrambe le mie, accarezzando ciascuna delle sue dita e dandogli una piccola torsione all'estremità, come faceva lei quando mi massaggiava.

Sollevò un angolo della bocca nel riconoscere la manovra. «Questo sì che è piacevole» disse dolcemente.

Continuai a manovrarle. «Queste mani sono davvero piccole rispetto alla pressione che applichi. Non riesco a credere a quanto tu riesca ad affondare.»

Il sorriso ora apparve pieno. «A volte uso il gomito.»

Alzai le sopracciglia, sorpreso. «Ah sì? Non lo sapevo. Eh.» Presi l'altra mano e le feci lo stesso trattamento. «Mi preoccupo per te» ammisi. «E ovviamente sono molto attratto da te. Ma…»

«Non puoi avere una relazione» finì al posto mio.

Intravidi un velo di dolore prima che potesse nasconderlo, e mi fece venire voglia di fare tutto ciò che era in mio potere per alleviarlo.

Tranne per il fatto che non potevo.

«Giusto. Non voglio farti del male – cioè, so di averlo già fatto – ma non voglio farti più del male.»

«Va bene» disse dolcemente. I suoi occhi si riempirono di lacrime, ma sbatté le palpebre. «Possiamo, ehm, possiamo essere amici?»

Le avvolsi la mano in entrambe le mie e strinsi. «*Siamo amici*» promisi. «So di non essere stato un bravo amico, ma ti ho sempre considerata tale.»

Annuì con un'espressione seria. Ci fu un tremito nelle sue labbra, ma lo nascose tirandosi la coperta sul mento.

«Quindi niente più sesso. Mi comporterò come una ragazza e dirò che mi confonde troppo.»

Fece una risata sofferta. «Niente più sesso.» Si accasciò contro il divano, la testa le ricadde sul soffice cuscino. «Che schifo.»

Per usare un eufemismo. Ed era tutta colpa mia.

«Sono d'accordo. Mi dispiace.» Allungai la mano e le accarezzai la nuca.

«Una coccola è fuori dai limiti?»

«Una... coccola?» dalla gola mi salì una risata roca mentre il petto mi si stringeva. «Hai bisogno di un po' di dolcezza?»

Annuì, appoggiandosi a me mentre sollevavo il braccio per abbracciarla. Appoggiò la testa contro la mia spalla e si sistemò al mio fianco: dolcezza, brezza d'estate e ali d'angelo unite insieme in un solo gesto.

Trovai un altro film e lo avviai, appoggiando i piedi sul tavolino. Le sue gambe si aggrovigliarono sopra la parte superiore delle mie, e il suo respiro prese un ritmo regolare. Quando fui sicuro che stesse dormendo, le accarezzai il viso e le baciai la testa. E poi non mossi un muscolo, anche quando mi ricordai del bucato nella lavatrice. Neanche quando decisi che dovevo fare pipì e che avrei proprio dovuto controllare Nikolaj. Non mi mossi perché Natasha aveva bisogno delle coccole, e sarei stato dannato se l'avessi svegliata e le avessi portato via quella cosa.

~

Natasha

Mi svegliai con un sussulto.

No, non il mio sussulto. Alzai la testa nella penombra per scrutare Dima. Eravamo ancora sul divano, i nostri corpi intrecciati. Dovevo essermi addormentata durante l'ultimo film, che ovviamente era finito perché la televisione era spenta.

«*Izvinjajus'*.» Dima borbottò le sue scuse, e mi resi conto che era stato un movimento brusco da parte sua a svegliarmi.

«Hai fatto un brutto sogno?»

«*Da.*»

Non era ancora passato all'inglese. Capivo perfettamente il russo. Potevo anche parlarlo perfettamente una volta che ero in modalità, ma preferivo l'inglese. Dopo il rifiuto scolastico di Pamela, avevo fatto una scelta. Dima aveva ragione, mi ero americanizzata completamente. Premetti la mano sul suo cuore, e non mi sorpresi quando lo sentii correre.

«Che cos'hai sognato?»

«Tu e Nikolaj e A...» Si bloccò, scuotendo la testa. «Solo... persone a cui tengo che morivano. A causa mia.»

«Quello che è successo a Nikolaj non è stata colpa tua» gli dissi mentre si allontanava per sedersi più dritto. Lo sguardo gli cadde sul mio seno sinistro, sbucato dalla coperta. Un muscolo gli saltò nella mascella e si allontanò da me.

«No, è stata colpa di Alex. E gliela farò pagare.»

Era tornato a essere Dima lo scontroso, e ora tutto era diventato perfettamente chiaro. La sua rabbia verso di me era un reindirizzamento della sua stessa colpa. Stava soffrendo – me l'aveva detto fuori, nella pozzanghera.

«Non è la prima volta che rischia di morire a causa mia.»

«E se semplicemente fosse... accaduto? E se non fosse colpa di nessuno, ma solo di una serie di eventi?»

Dima mi derise.

«Insomma, assegniamo un significato alle cose. La morte è brutta. La nascita è bella. Ma è davvero così? Se nessuno morisse mai, il pianeta non sopravviverebbe. Lasciare la Russia è stato brutto, cercare di integrarsi nella scuola è stato brutto, ma lo era davvero? Non mi pento di chi sono oggi. E se non esistessero giusto e sbagliato? Nessun bene o male? Nessuno da incolpare?»

Dima si strofinò la mano sul viso.

«Mi dispiace per la sofferenza di Nikolaj ma... non mi dispiace di aver avuto questo tempo qui con te, anche le parti brutte.» Feci spallucce. «È così e basta.»

Dima incontrò il mio sguardo e lo trattenne. «Sei saggia per la tua età.»

«Voglio solo che tu sia libero» sussurrai rauca, ed entrambi sapevamo che alludevo a più del senso di colpa per Nikolaj.

Prima che potesse zittirmi, mi alzai in piedi, tirando la coperta fino alle ascelle. L'asciugamano che indossavo originariamente si aggrovigliò intorno alle gambe e cadde. «*Spokojnoj noči*.» Gli diedi la buonanotte mentre me ne andavo.

«*Spokojnoj noči*.» La sua risposta fu morbida e piena di rimpianti.

CAPITOLO QUATTORDICI

Dima

«Ho appena controllato Nikolaj, e sta bene. Si sta abbuffando di Netflix. Vuoi fare una passeggiata?» Natasha appoggiò un'anca contro lo stipite della porta dell'ufficio, sembrando il sole stesso. Ieri Ravil aveva mandato qui Adrian con vestiti e beni di prima necessità per entrambi e più generi alimentari, quindi almeno non mi stava facendo impazzire con indosso quella piccola maglietta e i miei boxer.

Non che il top e i pantaloncini corti fossero migliori.

Avevo fatto portare a Adrian anche le sue costose barrette di cioccolato gourmet, il che l'aveva potata a guardarmi in un modo che mi aveva bruciato dentro.

Erano passati due giorni da quando avevamo deciso di essere amici: la cosa migliore e insieme peggiore di sempre.

Per prima cosa, era fin troppo facile. Troppo comodo.

Quasi come se ci fossimo lasciati alle spalle la parte in cui ci strappavamo i vestiti di dosso per infilarci direttamente nel più dolce matrimonio a lungo termine senza sesso.

Lei era dolce come una torta, faceva cose tipo preparare pancake e caffè. Faceva battute e mi abbagliava con il suo sorriso facile e veloce. Stava dietro di me mentre ero al computer e mi massaggiava il collo con quelle sue dita magiche.

Avevo dovuto rifiutare la sua offerta di un massaggio completo, sapendo che saremmo tornati nel territorio in cui ci strappavamo i vestiti. Non ero nemmeno sicuro di come riuscissi a trattenermi dallo spingermi lì, se non aggrappandomi al dolore e alla sconfitta che avevo provato dopo essermi lasciato andare nel fango.

Portavo quel morso di tristezza con me ovunque. Come un talismano da strofinare ogni volta che il mio sguardo iniziava a vagare sul suo corpo lussureggiante.

Di' di no. Di' di no.

Volevo fare la cosa giusta. Avrei potuto dirle di andare da sola. Avevo smesso di comportarmi come il suo guardiano dopo che ci eravamo rotolati nel fango.

Ma resisterle non sembrava più la cosa giusta. Quindi spinsi indietro la sedia dell'ufficio e mi alzai.

Potevo anche prendermi una pausa. Non ero ancora vicino a capire cosa stesse cercando l'FBI né quale segreto avesse Alex, anche se ero certo che c'era di più di quanto io non sapessi. Si trattava di Natasha? O della bratva? Ecco la parte che non riuscivo a capire. Mi misi le scarpe.

«Sono contentissima di avere le mie scarpe da ginnastica qui» disse Natasha mentre tirava su le sue Chuck rosse.

«Ci scommetto.» La toccai sulla schiena mentre la raggiungevo per aprire la porta sul retro. «I tacchi non sono molto da te, vero?»

Fece una risata infastidita e abbassò la testa.

«No.» Mi trattenni dal chiedere se avesse indossato anche quelli per me. All'esterno, la luce aveva assunto i primi cambiamenti di colore, virando verso il tramonto: una fascia arancione attraversava lo strato superiore degli alberi. Seguimmo il sentiero del rifugio che portava alla strada. Mi sembrava naturalissimo prenderle la mano, tanto naturale che tirai via le dita nel momento in cui sfiorarono le sue, scioccato dall'istinto.

Amici.

Amici.

Era il mio nuovo mantra. Quello in cui non riuscivo a coinvolgere tutto il mio essere.

«Come sei finito nella bratva?»

La domanda sembrava così innocente; non aveva idea di quanto fosse pesante per me. Colse il mio cipiglio e increspò la fronte.

«Scusa, probabilmente non mi è permesso chiederlo.»

Odiai che fosse dispiaciuta; cercai di dissimulare.

«Non hai cimici addosso, vero? Devo perquisirti di nuovo?»

Il rossore si diffuse sul suo collo, raggruppandosi nella cavità del collo e immergendosi nella scollatura così ben incorniciata dal top stampato turchese. «Lì c'è una pozzanghera di fango che potresti usare…»

Indicò con il pollice rivolto indietro, e non riuscii a fermare un sorriso riluttante. Ecco perché era tutto così straziante. Non c'era imbarazzo riguardo all'accaduto. Era così fottutamente preziosa che mi faceva male il cuore.

«Non tentarmi» mormorai.

Almeno ora era tutto allo scoperto. Potevo vivere la mia attrazione, e avevamo concordato che non poteva essere messa in pratica. Andava contro alle regole parlare di qualsiasi affare della bratva con chiunque fosse al di fuori della fratellanza, eppure sapevo che lo stava chiedendo a causa di ciò che le avevo confessato lì, in quella pozzanghera.

Che Nikolaj era nella bratva a causa mia.

«Ho preso in prestito del denaro per... qualcuno che ne aveva bisogno. Stavo cercando di salvare una vita.» Spostai lo sguardo nella sua direzione. Le calde tonalità del tramonto raccoglievano il rosso e il rame nei suoi capelli, facendoli brillare e splendere in un'aureola che la contornava.

Sei bellissima.

Riuscii a non dirlo ad alta voce.

Lo era. Bella da far male.

«Ho venduto la mia anima.»

«E Nikolaj che c'entra?»

«Ho venduto anche la sua.»

Vidi un grosso masso e vi salii; mi sedetti in cima abbracciando le ginocchia. Natasha mi seguì. Rimanemmo lì in silenzio per qualche istante.

«Non ti credo.»

Esplosi in una risata oscura e amara. «No? Perché no?»

«Non lo faresti mai. Ha scelto lui di venire con te, giusto?»

Mi attraversò un brivido dovuto a un'emozione sconosciuta. Colpa? Vergogna? L'oscurità di quei primi giorni, di quei primi anni si riversò su di me come una macchia di sangue scura. Una macchia che non si sarebbe mai tolta, per quanto lieve o facile potesse sembrare la nostra esistenza nella cellula di Ravil in confronto.

«Lo ha scelto lui.» Il senso di colpa quasi mi soffocò. «È venuto con me quando ho preso in prestito i soldi. Ne fa parte fin dall'inizio. Ha fatto tutto per me.»

«Perché è così sbagliato?» La sua voce era così morbida che non poteva essere registrata come una sfida. Suonava come le sue domande dell'altra notte, dopo il sesso nel fango. *E se non fosse stata colpa di nessuno?* Ma non sapevo guardare alle cose se non attraverso la lente e il peso della mia colpa.

«È sbagliato perché quella notte siamo morti.»

Natasha rimase ferma, in attesa di altro.

Provai a deglutire senza riuscirci. Non avevo mai raccontato quella storia. Io e Nikolaj non ne parlavamo. Il resto della fratellanza non lo avrebbe chiesto; avevano le loro storie da conservare.

«La bratva…» La mia voce suonò roca. «Facciamo un giuramento alla fratellanza e una parte riguarda il fatto di tagliare i legami con tutte le altre famiglie. In questo modo nessuno può influenzarti, e hai legami solo con i tuoi fratelli.»

Natasha era pronta a proseguire. «La tua famiglia pensa che entrambi siate morti.»

Annuii. «*Da.*» Per un momento non riuscii a parlare; la vergogna e l'orrore di ciò che avevamo fatto a nostra madre mi faceva a pezzi.

E poi riattaccai. «Avevamo diciassette anni. C'era solo nostra madre: nostro padre se n'era andato quando avevamo sei anni. Eravamo tutto quello che aveva.»

La mia gola si strinse intorno a un pozzo di dolore. Natasha si coprì la bocca, con gli occhi pieni delle lacrime che io avevo trattenuto. Come se fosse il mio cuore surrogato, disposto a subire le emozioni di ciò che avevo trattenuto in tanti anni.

«Pensa che siamo morti in un incidente d'auto: la macchina finì in un fiume ghiacciato e i corpi non vennero mai trovati.»

«Oh Dio» sussurrò Natasha.

Annuii, grato che capisse la grandezza di tutto. Che razza di uomo orribile fossi veramente. «Riesci a immaginare quanto deve aver sofferto?» Mi si spezzò la voce.

«No.» Una lacrima solcò la guancia di Natasha. La rimosse con il dorso della mano. «È terribile, Dima. Capisco cosa ti sta uccidendo.»

Cosa mi sta uccidendo.

Non l'avevo mai pensata a quel modo.

La consideravo una cosa del passato. Una morte metaforica sia per Nikolaj sia per me. Il giorno in cui eravamo entrati in una vita di violenza e crimine. Non pensavo che fosse una cosa che continuava a uccidermi, ma aveva ragione. Era come un cancro che mi corrodeva l'intestino, giorno dopo giorno. Peggiorando ogni anno invece di svanire.

Valeva lo stesso per la morte di Alëna? Quel dolore certamente non si era attenuato.

Forse perché era tutto legato allo stesso evento. Allo stesso periodo. Avevo venduto la mia anima per Alëna, avevo spezzato il cuore di mia madre e avevo costretto mio fratello a una vita criminale, e non ne era uscito niente di buono. Non ero riuscito a salvare Alëna. Avrei solo voluto morire con lei.

E, in un certo senso, era andata così.

Non ci voleva uno psichiatra per sottolineare che non ero affatto nel mondo dei vivi. Trascorrevo le ore dietro uno schermo perché non volevo interagire con nessuno nella vita reale. Neanche con i fratelli dell'attico. Tracciai con le dita la sagoma del lichene sul masso. «Ci siamo presi cura di nostra madre. Io, ehm, le ho organizzato il pensionamento anticipato, così prende una buona pensione. E... vince parecchi giochi a premi. Si occupa di arredamento e fa shopping compulsivo.»

Il sorriso di Natasha era triste. «Dolce. Almeno puoi ancora prenderti cura di lei da lontano.»

Non proprio, ma Natasha che diceva che era dolce era amabile.

Fissammo gli alberi per qualche istante, poi Natasha mi appoggiò la fronte sulla spalla e mi baciò i bicipiti. Io la baciai sulla testa.

Eravamo dolci. E non sembrava sbagliato. La tenerezza tra noi non sembrava mai sbagliata.

«Ma Ravil ha una famiglia. E Maxim ha Sasha. E Oleg Story.»

Natasha tornò a chiedere informazioni.

«*Da*. Ravil ha infranto il codice con Lucy e il figlio, Benjamin. E il matrimonio di Maxim fu ordinato dal *pachan* a Mosca, il padre di Sasha.» Feci spallucce. «Così, una volta infrante da loro, le regole si sono allentate per tutti noi.»

«Quindi... pensi di poterlo fare... di poter contattare tua madre, ora? Magari per dirle che tu e Nikolaj siete vivi? Per andare a trovarla?»

La bile mi salì in gola. Scossi la testa. «Pensi che potrebbe perdonare il dolore che le abbiamo arrecato? Che potrebbe accettare ciò che siamo diventati? *Net*. Meglio lasciarle credere che siamo morti.»

«Non... non sono d'accordo. Penso che sarebbe felicissima di sapere che siete entrambi vivi. Puoi anche non essere orgoglioso di ciò che è successo in passato, ma credo che lei potrebbe vedere oltre. Cioè, non so cos'hai fatto – e non voglio saperlo» aggiunse rapidamente, «ma non importa di cosa si tratti: so che siete entrambi bravi uomini.»

«Come fai a saperlo, Natasha?»

«Lo so e basta.» Nella sua voce sentii una nota di testardaggine che mi fece sorridere. Natasha sussultò, sollevando la testa e afferrandomi l'avambraccio.

Ogni muscolo del mio corpo si tese; il bisogno di proteggerla fu un impulso fortissimo, ma poi vidi quello che aveva visto lei.

Una cerva.

Una bella cerva dagli occhi grandi che ci fissava.

Natasha strinse le dita intorno al mio avambraccio per l'eccitazione.

«Dima» sospirò emettendo a malapena un suono. Rimanemmo perfettamente fermi, a guardare la nostra amica della foresta che abbassava la testa e mordeva un ciuffo di erba dolce. Quando rialzò la testa, la masticò lentamente, fissandoci di nuovo con il suo bellissimo sguardo.

«La amo» sussurrò Natasha. «La amo tantissimo.»

Che cosa buffa da dire. Non che amasse vedere una cerva, ma che amasse proprio la cerva.

Vista solo per trenta secondi. Ecco cosa rendeva speciale Natasha. Miracolosa. Unica nel suo genere.

Ogni momento che passava sembrava che mi stesse trascinando nel mondo dei vivi…innamorandosi degli animali. Dicendo che le mie azioni erano dolci.

Niente di tutto questo sembrava sbagliato.

La nostra cerva si girò e s'incamminò maestosamente verso la foresta, e solo quando fu fuori dalla vista ci girammo e ci guardammo l'un l'altro.

«È stato fantastico» sospirò Natasha con un piccolo sorriso sulle labbra.

Le baciai la fronte. «Tu sei fantastica.»

Stavo iniziando a chiedermi se potesse avere ragione sul fatto che il colpo a Nikolaj non fosse la cosa più orribile mai accaduta.

Anche se non potevo avere Natasha, potevo avere questo.

Un momento con lei.

E sembrava un regalo.

Non era abbastanza, ma lo avrei accettato.

Non saremmo rimasti lì ancora a lungo.

Il dottor Taylor, il veterinario, aveva detto che Nikolaj poteva iniziare ad alzarsi e muoversi quando voleva, e Natasha oggi gli aveva tolto la flebo. Un altro giorno o due con lei era tutto quello che mi rimaneva.

Un altro giorno o due di squisita tortura.

E poi forse sarei riuscito a dormire la notte senza farmi una sega per un'ora per smettere di pensare a lei.

Forse saremmo potuti rimanere amici fino a quando non fosse partita per la scuola di naturopatia.

Ma no. Anche se lo pensavo, sapevo di aver spinto la cosa tra noi molto più lontano di quanto non avrei dovuto. Anche se ero stato onesto sul fatto di non essere disponibile per una relazione, ne stavamo costruendo una.

E lasciarla andare avanti sarebbe stata una crudeltà per entrambi.

CAPITOLO QUINDICI

Dima

Ero nella vasca idromassaggio con Natasha. Proprio come degli amici. Eravamo nella vasca idromassaggio a guardare un film insieme, le sue gambe aggrovigliate sulle mie, la sua testa appoggiata alla mia spalla.

Era un film horror, e lei si accoccolò sempre più vicina fino a quando non finì sulle mie ginocchia, con il morbido culo bagnato accomodato sul mio pacco. E d'un tratto non eravamo più nella vasca idromassaggio ma sul divano, e la mia mano era tra le sue gambe, e facevo scorrere il dito medio lungo la sua succosa fessura.

Iniziò a gemere e ad inarcarsi, e io la penetrai... ma poi sentii la voce di Alëna. Era nello chalet, nella mia stanza a parlare con Nikolaj.

Dovevo levarmi Natasha dalle ginocchia, ma non riuscivo a spostarla. Continuavo a provare, continuavo a ricordare che dovevo smettere di toccarla, dovevo levarmela di dosso e alzarmi, ma sembravo non riuscirvi.

~

MI SVEGLIAI con il cuore che batteva forte e un'erezione delle dimensioni della Torre Spasskaja. Sentivo in bocca il sapore del senso di colpa, mi dava acidità di stomaco.

Accanto a me, Nikolaj si alzò con un gemito per andare in bagno da solo. Il dottor Taylor gli aveva dato il via libera per alzarsi, se se la sentiva.

«Ti serve una mano?» gli chiesi in russo.

«*Net*.» Barcollò lentamente, uccidendomi con i suoi respiri affannati, ma non avevo intenzione di spostarmi. Nikolaj non era un bambino e non voleva la mia compassione.

Il sogno mi aveva reso dannatamente irritabile.

Non c'era bisogno che Carl Jung me lo interpretasse. Tutti i sogni che facevo dall'arrivo allo chalet erano stati piuttosto chiari, cazzo.

I miei peccati si erano pressati e riorganizzati per riaffacciarsi, per ricordarmi che razza di pezzo di merda fossi. Non potevo più toccare Natasha. Neanche per darle un bacio casto. O una coccola. Niente.

Niente più passeggiate al tramonto nella foresta. Basta guardare film insieme sul divano di notte.

Avevo bisogno di una cazzo di distanza.

Quindi avrei chiamato Ravil per chiedergli se fosse d'accordo di farci tornare al Cremlino. Ero convinto che non avessimo più bisogno di nasconderci: erano passati sei giorni e non era successo nulla con Alex, a parte la sua visita al Cremlino, che sembrava più una cosa personale che qualcosa di autorizzato dall'FBI. Avrebbe dovuto presentarsi con un collega, fosse stata roba ufficiale.

Non che fossi un esperto di procedure federali. Avevo hackerato e scaricato un manuale di formazione, però. Eh.

Saltai la colazione e andai direttamente al pc. Lucy mi aveva rimandato il saggio di ammissione di Natasha con le sue correzioni, che erano brillanti. Mi misi all'opera su internet per far sembrare che fosse stato presentato a tutte le scuole lo scorso autunno o in inverno. Mi ci volle tutta la mattina, e fui scontroso con Natasha quando mi chiese se volessi la colazione, perché non volevo che entrasse.

Poi, una volta finito, fui scontroso perché eravamo quasi alla fine. Dovevamo uscire dallo chalet, e poi lei se ne sarebbe andata per quattro anni. Era così che doveva andare, ma avevo ancora voglia di prendere a pugni un muro.

Sul laptop squillò una videochiamata; risposi a Ravil. Era nel suo ufficio, con Maxim seduto accanto.

«Come sta Nikolaj?» chiese.

«Bene. Si muove un po' e mangia cibi morbidi. Penso che possiamo tornare al Cremlino, se lo ritieni sicuro.»

«Ottimo. Adesso è sveglio?»

«Probabile. Ultimamente rimane sveglio più spesso.»

«Fammelo vedere.»

Mi alzai e scollegai il laptop per andare alla camera. Mi sedetti accanto a Nikolaj sul letto, così che Ravil potesse vederci entrambi.

«Nikolaj. Hai un aspetto di merda» disse Maxim.

«Resto comunque più bello di te» rispose.

«Come ti senti?» chiese Ravil.

«Come se mi avesse calpestato un rinoceronte» disse Nikolaj. «Pronto a uscire da questo maledetto letto.»

«Bene. Puoi tornare non appena ti senti pronto al viaggio» disse Ravil. «Non abbiamo più avuto visite da Alex.» Quell'informazione era per me. «Non ha mai prodotto un mandato di perquisizione e non è neanche tornato.»

«Una parte di me pensa che sia fuori dal controllo dell'FBI» disse Maxim. «La mia teoria è che abbia un interesse personale per noi o per Natasha. Il suo presentarsi qui da solo per poi andarsene con la coda tra le gambe non mi sembra un comportamento da manuale dell'FBI. Mi piacerebbe sapere che tipo di rapporto ha presentato dopo la partita. Sei riuscito ad hackerare l'FBI?» chiese Maxim.

Borbottai per la frustrazione. «Non proprio. Non ho trovato i file dei casi, che è quello che ci serve davvero.»

«Hai detto che voleva rivedere Natasha per darle spiegazioni, no?»

Annuii. «Sì. Le ha scritto un paio di volte e glielo ha detto di nuovo quando lei lo ha chiamato.»

«Falle accettare l'invito, quando tornate. Gliel'ha chiesto lui. Voglio proprio sentire la sua spiegazione.»

Sentii un ronzio nelle orecchie.

Brividi sulla pelle.

Oh, diavolo no. Non sarebbe più uscita con lui!

«Assolutamente no» dissi, anche se sfidare il mio *pachan* era da idioti.

Ravil alzò le sopracciglia in segno di avvertimento.

Maxim abbassò le sue. «Sei preoccupato per la sua sicurezza? Un agente dell'FBI non farà del male a una donna innocente.» Incrociò le braccia sul petto. «O temi che lei faccia effettivamente parte di tutta questa storia?»

Avrei voluto dare un pugno al laptop, ma Nikolaj rispose al posto mio. «Non ne fa parte.»

Lo disse con totale fiducia e chiarezza.

«Allora non c'è nulla da temere. Almeno ci mostrerà se il nostro Alex sta uscendo dal tracciato a causa dei suoi sentimenti per lei.»

Digrignai i molari; ma non c'era nient'altro che potessi dire. Non la volevo vicina a lui perché ero un cazzone geloso, ma quello non era un motivo valido per sfidare Ravil.

Non esisteva l'ipotesi di sfidare il *pachan* della bratva. A meno che non si volessero affrontare le lame di tutti i fratelli. Anche se non era mai successo sotto il dominio di Ravil.

«Organizza l'incontro, Dima» ordinò Ravil. «Appena tornate tutti e tre in città. Non mi piace questa nube che incombe su di noi.»

Mi agitai, ma mi costrinsi ad annuire, mostrando la mia acquiescenza. Anche Nikolaj annuì. «Prenditi cura di te, Nikolaj» disse Ravil. «Non vedo l'ora di riavervi entrambi. Le cose sono troppo tranquille qui ora che Pavel se n'è andato e voi due non ci siete.»

Come a voler contraddire il padre, il suono dell'urlo felice di Benjamin arrivò improvvisamente dallo schermo. La maschera normalmente imperscrutabile di Ravil si riempì di un ampio sorriso.

«Eccoti qui. Sei strisciato dentro per vedere papà?» I gorgoglii del bambino si avvicinarono e Maxim si chinò per riapparire con Benjamin. A nove mesi il bambino era robusto e paffuto, con grandi cosce e una pancia da Buddha, anche se aver imparato a gattonare di recente lo aveva fatto dimagrire.

«Vieni qui, ragazzone.» Ravil prese il bambino e lo tenne sospeso in aria, facendogli una pernacchia sulla pancia nuda.

Benjamin ridacchiò.

«Mandami un messaggio quando lasciate lo chalet» ordinò Ravil. «E organizza quell'incontro con Alex entro oggi.»

«*Da, pachan,*» mormorai chiudendo la chiamata.

Der'mo. Organizzare un appuntamento tra Natasha e Alex era l'ultima cosa che avrei mai volute fare.

CAPITOLO SEDICI

Natasha

Rientrai dopo aver preso il sole sul portico nel tardo pomeriggio e salii le scale. Dima aveva fatto il cazzone tutto il giorno, era tornato scorbutico e non mi aveva parlato. Non riuscivo a capire cosa stesse succedendo, ed ero stufa delle frustate che stavo ricevendo da questo ragazzo.

Onestamente, il fatto che fosse di nuovo cattivo rendeva tutto più facile. Ci stavamo avvicinando troppo. Eravamo vicini in modo straziante. Avrei potuto davvero innamorarmi di lui.

Chi stavo prendendo in giro? Ero *già* innamorata di lui. E per quanto mi piacesse quanto fossimo a nostro agio insieme – quella cosa dell'amicizia – volevo il pacchetto completo. E mi ero aggrappata alla speranza che con un po' di pazienza si sarebbe reso conto che anche lui lo voleva.

Ma più ci avvicinavamo, più sembrava diventare malinconico. Le sue dita erano sempre su quell'anellino, a rigirarselo intorno al mignolo pieno di dolore negli occhi.

«Dove sei stata?» Comparì alla porta della mia stanza. Non l'avevo sentito salire le scale.

«Ero qui fuori sul portico. Che succede?»

Mi porse il telefono. «Devi chiamare Alex»

«Cosa?»

Dima irradiava rabbia, e per quanto mi sforzassi non riuscivo a capire quale potesse essere il suo problema. Fece un movimento impaziente con la mano.

«Devi uscire con lui.» Il suo accento era più marcato per l'irritazione.

«No.» Non sapevo davvero cosa avevo fatto di sbagliato, ma non avrei lasciato che mi maltrattasse. I miei nervi erano troppo scoperti a causa di una settimana di montagne russe dovute a lui.

«Ordini di Ravil.» Le sue labbra assunsero un'espressione cupa.

Ah. Improvvisamente capii perché fosse arrabbiato. Era solo un messaggero. E non gli piaceva il messaggio. Magari non voleva una relazione con me, ma ciò non significava che volesse vedermi uscire con Alex.

Beh, non aveva bisogno di preoccuparsi. Non sarei uscita con Alex, mai più. Se anche non avesse sparato a Nikolaj, non lo avrei perdonato per avermi presa in giro.

«No.» Risposi con voce piatta ma ferma. «Non uscirò con Alex.»

«Natasha.» Dima fece un passo di avvertimento verso di me. Il suo movimento conteneva una minaccia predatoria che purtroppo mi eccitò.

L'energia del nostro esplosivo gioco di punizione e ricompensa si riaccese, mandando un audace picco di calore direttamente al mio nucleo.

Dima mi prese il polso. «Mi dispiace, *amerikanka*. Non piace neanche a me. Per niente. Ma non dipende da te né da me. Abbiamo bisogno di saperne di più sulla motivazione e sull'obiettivo di Alex, e lui si è offerto di incontrarti per spiegarsi. Quindi ora devi andare.»

Scossi la testa. «No che non devo.» Feci la testarda. E, cosa ancora più importante, stavo testando i confini. Neanche Dima voleva che andassi. Mi avrebbe davvero spinta a farlo?

Dima abbassò le sopracciglia. Strinse la presa sul mio polso, spingendomi all'indietro fino a quando non colpii il muro con il sedere. «Sì, Natasha. Non si discute.»

«Non puoi costringermi» lo sfidai. Non avrei dovuto insistere, ma desideravo di nuovo il suo tocco. Assaporare i momenti in cui aveva ceduto ai suoi desideri per me. Non funzionò. Invece di pungolarlo, Dima apparve sinceramente turbato.

Mi pentii di averlo spinto fino a quando non rispose con: «Posso farti fare qualsiasi cosa.»

I miei capezzoli si indurirono in due picchi. *Prego?*

«Natasha, non voglio minacciarti.» Sentii l'onestà nelle sue parole, quasi come se lo facesse star male l'idea di mettermi pressione.

Il che doveva significare che si sarebbe rifiutato di impegnarsi sessualmente nel modo in cui mi aveva "gestita" in passato.

La delusione mi agitò lo stomaco.

Forse era davvero tutto finito. Non volevo accettare quella cosa dell'amicizia. Continuavo a pensare che avrebbe visto che avevamo qualcosa insieme e che si sarebbe reso conto che scegliere una donna viva e vegeta era meglio che aggrapparsi a un fantasma.

Ma a quanto pareva, mi sbagliavo.

«Perché fai così?» Stava praticamente implorando la mia collaborazione. Ecco quanto non voleva dovermi gestire. «Non è da te.»

Aveva ragione, ovviamente. Io ero la simpatica, dolce

Natasha che faceva quello che ci si aspettava da lei per mantenere la pace sopra ogni altra cosa. Sempre alla ricerca di accettazione e approvazione.

«Mi piaci da arrabbiato» gli dissi. Fu il mio ultimo e disperato sforzo per arrivare da qualche parte con lui.

Funzionò.

I suoi occhi si incupirono, alzò le sopracciglia verso l'attaccatura dei capelli. L'aria tra di noi si caricò, e sentii ogni grammo dell'amicizia che stavamo coltivando drenare.

Eravamo tornati a qualcos'altro. Avversari in una guerra sessuale.

Del tipo a cui si prosciuga il sangue nello stesso momento in cui arriva la soddisfazione. Mi strappò via la maglietta dalla testa con un unico, rapido movimento. La punizione *era iniziata*. Mi corsero dei formicolii lungo le braccia mentre mi prendeva il reggiseno di pizzo nero. «Per te va bene?»

Mi attaccai contro il muro; non che avessi paura… beh, ero un po' spaventata. Piuttosto elettrizzata. Annuii.

«Vuoi che ti metta su mani e ginocchia e che sculacci quel culo finché non diventa rosso?» Mi girò perché gli dessi le spalle e sganciò il reggiseno, facendomi scivolare gli elastici lungo le mie braccia fino a quando non cadde a terra. Mi afferrò entrambi i seni, pizzicandomi forte i capezzoli.

«Abbassa i pantaloncini.» La sua voce era roca.

Sbottonai i pantaloncini di jeans e anche quelli caddero a terra.

Avevo le mutandine abbinate al reggiseno: pizzo nero. Fu quello il momento in cui Dima dovette rendersi conto che avevo avuto un completino intimo sexy: Adrian li aveva portati il giorno prima insieme alle altre nostre cose.

«Adrian ha frugato nei tuoi cassetti» si bloccò.

Mi guardai alle spalle per controllare il livello di rabbia sul suo viso.

La mia pancia svolazzò. Adoravo vederlo impazzire, era il momento in cui intravedevo il suo livello di passione per me. Conservai la sua gelosia nel cuore come prova di ciò che significavo per lui.

Mi schiaffeggiò il culo con la mano. «Lo ucciderò.»

Nascosi un sorriso.

«Vieni qui, bellezza.» Mi prese la vita con entrambe le mani e mi allontanò dal muro, poi mi accompagnò al letto. «Su mani e ginocchia.» Il battito mi accelerò mentre strisciavo sul materasso e assumevo la posizione. Dima mi schiaffeggiò il culo un paio di volte. «Ti piaccio arrabbiato?» Emisi un piccolo verso, non proprio un lamento. Qualcosa di più simile a un suono sessuale. Del tipo che voleva dire *ancora*.

«Beh?» Mi diede qualche altra sculacciata, poi mi accarezzò la natica destra. «Se Adrian fantastica su di te con queste mutandine, gli spacco la faccia» mormorò, più a sé stesso che a me.

Soffocai una risatina, ma Dima la colse. «Lo trovi divertente?» Mi diede una raffica di schiaffi, riscaldandomi la metà inferiore del culo. «No!» Strillai quando divenne intenso, e lui si fermò immediatamente e massaggiò via il bruciore.

«Ha detto che è stata Nadja a impacchettare le mie cose» ammisi. Nadja era la sorella di Adrian.

«Non voglio mandarti a un appuntamento con quel succhiacazzi di Alex» ringhiò. «Pensi che te lo chiederei se non fossi obbligato?»

Non volevo pensare ad Alex. Non volevo che Dima lo portasse tra noi ora, rovinando il momento. Mi diede un altro forte schiaffo. «Non puoi dire di no a Ravil su questo.» Rimasi immobile, leggermente ansimante, incredibilmente eccitata. Mi afferrò i capelli e mi tirò indietro la testa.

«Natasha.» La voce era ferma: esigeva una risposta.

«Va bene» dissi. Dima rilassò la presa sui miei capelli ma li tenne comunque avvolti intorno al pugno. «A una condizione.» Il cuore mi batteva nelle orecchie, nei polsi, alle tempie. Mi rilasciò completamente i capelli e mi diede tre forti sculacciate.

«Non sei tu a dettare le condizioni qui, *amerikanka.*»

Mi girai indietro per guardarlo. «Invece penso di sì.» Non credevo più che mi sarebbe successo qualcosa di terribile. Dima non lo avrebbe permesso, e Ravil gli aveva dato la responsabilità per quello che mi riguardava. E ciò significava che avevo delle fiche con cui contrattare.

Dima strinse gli occhi. «Quale sarebbe la condizione?»

Non mi ero mai sentita così vulnerabile, e non c'entrava niente la posizione in cui mi trovavo. Era per quello che gli stavo per chiedere. «Dimmi perché non puoi stare con me. Perché so che entrambi sentiamo qualcosa.»

Dima inspirò, poi gli si irrigidì la mascella.

«No.» C'era una nota di testardaggine nella sua voce. «Quella storia non fa per te, Natasha. *Io* non faccio per te.»

Resistetti alla pugnalata del rifiuto, all'ondata di vergogna che mi salì in gola. Ma no, non aveva negato ciò che c'era tra di noi. Voleva solo aggrapparsi al suo fantasma. Pensai che valesse ancora la pena lottare.

«Allora non esco con Alex» gli dissi.

Si scurì in volto. «Pensi di vincere questa battaglia con me?»

«Sì.»

Dima non mi avrebbe fatto del male. Ne ero sicura. Provava dei sentimenti per me, che li ammettesse o meno.

Mi strappò via le mutandine dalle gambe e mi afferrò le caviglie, tirandomi verso di lui fino a farmi scivolare a pancia in giù. Scomparve per un attimo, chinandosi, e quando si alzò aveva il mio reggiseno in mano, che usò per legarmi le mani dietro alla schiena. Ero inondata di eccitazione, caldissima e pronta per lui. Non ero mai stata legata prima, ma ora ne capivo il piacere. La sensazione di trovarmi alla sua mercé amplificava tutto: il desiderio, il bisogno di lui, il calore che inondava il mio corpo.

Mi immerse le dita tra le gambe e accarezzò i miei petali di rugiada. Che bello avere il suo tocco dove ne avevo così tanto bisogno... spostai indietro il bacino e gemetti.

«Anche il piacere può essere una tortura, Natasha.» La sua voce era di velluto. Fece scivolare le dita dentro di me nello stesso momento in cui il suo pollice tracciava la fessura del mio culo fino a raggiungere l'ano. Gemetti e iniziai a scoparmi il letto. Ero già molto su di giri, ed essere legata e a sua disposizione rendeva l'intera esperienza più calda.

«Pensi che non scoperò questo culo piccolo e carino?»

Ondeggiai i fianchi per portare le sue dita più in profondità. Ero terrorizzata dal sesso anale, ma non abbastanza da non volerlo. Da quello che mi aveva fatto al piano di sotto, sul bancone della cucina, sapevo già quanto fosse incredibile. Quanto mi piacesse il gioco anale. Ero febbricitante, strofinavo i seni nudi sul copriletto, inarcandomi e rotolando per andare incontro alle sue dita.

E lui mi torturò levandole.

«Muoviti e uso di nuovo il cucchiaio di legno sul tuo culo» mi avvertì. Il mio cervello impiegò un momento per capire cosa intendesse a causa del sesso, ma quando uscì dalla stanza capii. Mi tenni perfettamente ferma, come se rispettare l'ordine mi portasse la soddisfazione di cui avevo così disperatamente bisogno. Ascoltai i suoi passi scendere rapidamente le scale e poi risalirle.

Per mantenere la suspense, non guardai quando lo sentii tornare nella stanza. Mi aprì le natiche con una mano e spruzzò qualcosa nel mezzo.

A quel punto guardai.

Era olio d'oliva. Aveva portato anche il cucchiaio, che in realtà sarebbe stato un vero incentivo a cedere. Sperai che non lo usasse su di me. Almeno non troppo forte. Dima si inginocchiò dietro di me, separandomi le natiche con i palmi delle mani e allineando il cazzo.

Mi irrigidii automaticamente, il mio ano si agitò al contatto.

Dima emise un suono di disapprovazione di gola e applicò una piccola pressione.

«Ora prendi il mio cazzo, *amerikanka*.»

Acconsentii con un lamento. Era sbagliatissimo, ma sembrava così giusto... soprattutto perché era Dima. O forse solo perché era Dima.

Per un momento non successe nulla. Gli stavo resistendo, immaginai, ma non me ne resi conto finché non mormorò con tono molto più morbido: «Aprilo per me, Natasha.»

Non sapevo cosa significasse, ma immaginai di aprirmi per lui, e i miei muscoli si rilassarono. Mi fece breccia nel buco posteriore.

Ci fu una sensazione di bruciore, ma lui andò lentamente, alimentando la sua lunghezza dentro di me centimetro per centimetro.

«È troppo grande» protestai. Dima stappò l'olio d'oliva e ne versò un po' di più tra di noi. «Prendilo.»

Era un comando, ma lo disse con una voce morbida, con un tocco di persuasione. Sapevo di avere ragione sul fatto che non mi avrebbe mai fatto del male.

Poteva giocare a usare il sesso come punizione, ma ero

al sicuro con lui. Ero al sicuro e potevo vincere la battaglia con la mia resa.

Mi concentrai per rilassarmi fino a quando non fu completamente dentro, e poi iniziò a muoversi lentamente dentro e fuori.

Gemetti. «Va tutto bene» ammisi. Tirai i polsi legati, perché la voglia di mettere le dita tra le gambe era travolgente. Il mio sesso sembrava così vuoto, così bisognoso...

«Dima... ti prego» cominciai a supplicare.

«Ti prego cosa?» Mi dominava con tono autorevole, ora che lo stavo implorando.

«Ho bisogno di... ti prego...»

«Farai la brava?»

Maledizione. Assolutamente no. Non mi sarei arresa. Assolutamente no.

All'inizio non risposi. Spinse dentro e fuori dal culo, rendendomi frenetica per il bisogno che si fermasse o mi desse di più.

«Beh?»

«No.» Fui petulante perché sapevo che mi avrebbe negato ciò di cui avevo bisogno.

Spinse un po' più forte. «No? Ho tutta la notte, Natasha. Farai sicuramente quello che ti è stato chiesto, quando avrò finito con te.»

Oddio. Le sue parole mi accesero. Chissà perché lo amavo tanto quando faceva il cattivo tanto quando era tenero. Forse perché sapevo che la parte meschina di lui non era reale. Era una barriera che usava per trattenersi dall'amarmi.

Era quella la barriera che stavo cercando di abbattere. Dima spinse più in profondità, come una punizione per il mio rifiuto. Era davvero troppo, ma allo stesso tempo mi stavo benissimo.

Gemetti nel copriletto, tenendo il culo in alto, le gambe divaricate.

«Ti prego.» Supplicai ancora senza nemmeno volerlo.

«*Da*» concordò, martellando un po' più forte.

Un po' più veloce.

Ero già persa, vagante in un limbo senza pensieri: solo vivide sensazioni.

«Dima» ansimai.

Gemette, e il suono della sua eccitazione mi mandò quasi oltre il limite.

«Ti prego.»

«Farai la brava?» Mi martellò, e io fui incapace di parlare. Incapace di tutto se non di sciogliermi e stringere contemporaneamente, pronta a perdere il controllo a ogni colpo.

«Ho bisogno di... ho bisogno di...»

«Devi venire, *amerikanka*?»

«Sì» mi attraversarono ondate di sollievo.

«Di' le parole magiche.»

«Ti prego.»

Emise una risata oscura. «Risposta sbagliata. Stavolta tocca a me, quindi.» Il suo respiro suonò affannato mentre spingeva dentro di me, e poi capii il significato delle parole. Stava per venire.

Senza di me.

La mia figa strinse l'aria, alla disperata ricerca di venire con lui, ma quando arò in profondità e gridò, non riuscii proprio a raggiungerlo.

Singhiozzai nel letto. «No, no, no, no, no» mi lamentai.

Quando si tirò fuori, rotolai sul letto e strinsi le cosce, cercando di ottenere abbastanza attrito sul clitoride fino all'orgasmo.

«Ora sei nei guai.»

Registrai vagamente la minaccia di Dima mentre si ritirava per poi tornare, usando un asciugamano caldo per pulirmi. Si era abbottonato i jeans, era completamente vestito mentre io ero completamente nuda.

Anche se non ero venuta, ero indebolita dal bisogno, fiaccata dall'essere stata usata. Continuai ad agitarmi sul letto. Dima ebbe pietà di me e mi passò le dita sul sesso fino a quando non trovò il clitoride, e lo strofinò.

Venni immediatamente; l'orgasmo mi torse in rapidi impulsi intorno all'aria.

Dima mi slegò le mani e mi fece rotolare sulla schiena.

«Come ho detto, posso andare avanti tutta la notte» promise mentre mi apriva le ginocchia e abbassava la testa.

Gemetti il mio consenso al piano, quando mi leccò dentro. Fu imperioso, leccò e succhiò le labbra, tracciò l'area interna, succhiò il clitoride.

Mi penetrò con le dita e in qualche modo trovò il punto G, facendomi esplodere un altro orgasmo sconvolgente.

E fu allora che le cose si fecero difficili.

Perché non si fermò. Dima si gettò una delle mie gambe sulla spalla, girandomi su un fianco, e usò la bocca fino a quando non raggiunsi di nuovo l'orgasmo.

E poi fu troppo.

Ero una bambola di pezza, fatta a pezzi dal sesso, ma lui non si fermò.

Ricordavo vagamente che c'era un nome per questo. Era controllo dell'orgasmo? No, quello era quando si teneva qualcuno sull'orlo dell'orgasmo senza lasciarlo venire.

Orgasmi forzati. O era una tortura dell'orgasmo? Dio, non riuscivo nemmeno a pensare. Cercai di spingere via la testa di Dima, che mi legò di nuovo i polsi con il reggiseno. Fece scivolare le dita dentro di me, accarezzandomi il punto G fino a quando un'ondata di energia non tornò al mio nucleo. La pancia mi tremò dentro e fuori.

«Ti prego» piagnucolai. «È troppo.» Roteai la testa avanti e indietro sul letto. «Sono sensibilissima. Ovunque.» Era vero. Ogni terminazione nervosa stava esplodendo. I miei capezzoli erano caldi e stretti, i seni mi facevano male. Non riuscivo a fermare la febbre che mi faceva delirare. Continuò a strofinare ma portò il pollice al clitoride, esercitando pressione sul piccolo fascio di terminazioni nervose troppo sensibile.

«Sai come farmi smettere.» L'accento di Dima era marcato.

«Ti prego» mi lamentai. «Dima, basta.»

«*Net*. Questa è la tua punizione, e andrà avanti finché non obbedisci.».

Mi uscirono le lacrime dagli angoli degli occhi. Non dal dolore, solo dalla frustrazione sessuale. Stavo morendo. «Ti prego» lo supplicai di nuovo, anche se era solo un lamento insensato. Non credevo si sarebbe fermato.

Inoltre, non avevo intenzione di cedere.

Scalciai. Sembravo colpita da un fulmine, che inviava dentro scosse di energia mentre raggiungevo di nuovo l'orgasmo. E ancora non si fermava.

«Nooooo» gemetti. Ero disossata. Avevo la testa vuota. Ero completamente annullata. «Basta.»

Abbassò la testa tra le mie gambe e fece roteare la lingua intorno al clitoride.

«Fermati. Ti odio.»

Dima si fermò, e fui sicura di capirlo perfettamente. Aveva paura di essere andato troppo oltre. Riuscii ad alzare la testa abbastanza da trattenere il suo sguardo, e la scossi. Ovvio che non lo odiavo. Mi stavo innamorando perdutamente di quell'uomo.

Vidi le sue spalle rilassarsi. Si addolcì e mi slegò i polsi.

«Hai finito?»

«Questo me lo devi dire tu.»

Gospodi. Fino a che punto si sarebbe spinto per evitare la domanda? «La mia condizione... era così orribile?»

Vidi il dolore incresparsi sulla sua espressione prima che lo nascondesse. «Non... non posso parlarne con te, Natasha. Non era giusto.»

«Nemmeno questo lo è» risposi.

Dima mi raggiunse i polsi, bloccandone ognuno in una delle sue grandi mani e tirandomi su per farmi sedere sul letto. «Vieni qui.»

«Dove stiamo andando?» chiesi.

«Alla doccia. Ti lavo e ti scopo ancora un po'.»

Non sapevo se ridere o piangere. Tutto quello che sapevo era che Dima mi stava mandando fuori di testa. Avrebbe potuto vincerla, quella battaglia, dopotutto.

DIMA

Natasha era incapace di camminare, così la presi tra le mie braccia. Adorai il peso del suo corpo morbido contro il mio, il modo in cui girò il suo viso verso di me infilandomelo contro il collo, e come avvolse le braccia sottili intorno alle mie spalle. Profumava di zenzero e pesche mischiato al debole profumo di pino e sole dovuto al tempo esterno.

Avrei voluto leccarle ogni centimetro. E lo avrei fatto. Perché si trattava dell'unica opzione a mia disposizione, a quanto pareva. Non avrei lasciato che Ravil o chiunque altro facesse pressione su Natasha. E non ero disposto a usare i suoi punti di pressione. Non c'era possibilità al mondo che la minacciassi rimanendo poi ancora in grado di guardarmi allo specchio.

Diavolo, forse non sarei stato comunque in grado di farlo, ma non perché l'avevo ferita o spaventata. Piuttosto a causa del fatto che avevo calpestato il voto fatto ad Alëna. Ed era per quello che non potevo proprio aprire la questione e vuotare il sacco con Natasha. Avevo già fatto tutto il resto con lei. Le avevo tenuto la mano. Baciato quelle labbra dolci e morbide. L'avevo scopata in diverse posizioni. L'avevo sculacciata, legata, le avevo infilato il cazzo in bocca e nel culo. L'unica cosa che potevo preservare a quel punto erano i miei ricordi di Alëna. Il nostro legame. La nostra storia. Condividere tutto con Natasha mi sembrava un ulteriore tradimento, e non potevo farlo.

La feci sedere sul ripiano del bagno mentre aprivo l'acqua. I suoi capelli erano arruffati in modo adorabile, gli occhi vitrei. Mentre l'acqua si riscaldava, passai l'indice lungo la delicata curva della clavicola fino all'incavo della gola. I capezzoli si alzarono in cime rigide. Dal momento che li avevo trascurati di brutto, mi sporsi per prenderne uno in bocca e fargli roteare la lingua intorno prima di succhiarlo forte.

Natasha piagnucolò, sbatté liberamente le mani sulle mie braccia. Mi tolsi i vestiti e poi mi misi tra le sue ginocchia aperte, afferrandole il culo per sollevarla a cavallo della vita. Ancora una volta, lasciò cadere la testa sulla mia spalla, docile come una bambola. Entrai nella doccia e la misi in piedi, lasciandole una mano in vita per tenerla ferma. Le gambe non sembravano sorreggerla. Era ubriaca di orgasmi.

Sbatté le palpebre, attraversandomi il petto con quegli occhi verde mare e scendendo con lo sguardo giù per gli addominali fino alla parte della mia anatomia che era ancora entusiasta di vedere.

Mi lavai, dandole il tempo di rimettersi in sesto.

«Dima...» gracchiò. Trascinò la parte posteriore delle

nocche sul mio petto tatuato. Qualcosa tra noi era cambiato. Volevo riportarci alla tensione della dominazione sessuale delle ultime ore, ma il modo in cui mi stava guardando era troppo reale. Troppo onesto. Troppo crudo.

Non volevo cedere alla tenerezza, ma non riuscii a trattenermi. Le coprii la mano con la mia. Mi toccò le dita, tracciò l'anello di Alëna.

Avrei dovuto allontanarmi. Porre fine a tutta la faccenda. Le avevo già detto che non potevo farlo. Ma non ci riuscivo. Ero paralizzato dalla sua vicinanza.

«Di chi era?» chiese. Non c'era innocenza nel tono. Non era una domanda fine a sé stessa. Mi resi conto, sbalordito, che Natasha sapeva più di quanto si fosse lasciata sfuggire. Improvvisamente la richiesta di spiegarle perché non potessimo stare insieme sembrava un attacco diretto ai miei ricordi di Alëna.

Le presi il polso e feci un passo indietro, sotto il getto d'acqua. «Non farlo.» La girai in modo che mi desse le spalle: guardarla era troppo. Non stavamo più giocando. Eravamo lontani anni luce da quello che avevamo appena fatto in camera da letto.

«Chi era, Dima?»

«Non farlo.» Alzai la voce. Il mio corpo registrò la domanda come una minaccia, il mio cuore tuonava troppo velocemente, la doccia calda era diventata improvvisamente troppo calda.

«Voglio...» Mi ci volle un attimo per riconoscere le lacrime nella voce di Natasha. «Voglio essere lei.»

«No che non vuoi» dissi duramente, anche se era già a pezzi. «È morta.»

«Almeno lei ti aveva.» Natasha si girò per affrontarmi, e io rimasi colpito da tutta la forza del suo dolore. Quegli occhi verdi traboccavano di dolore.

Bljad'. Ero stato io a farle questo. Avevo ferito Natasha.

Appoggiai la spalla contro la parete di piastrelle, sentendo il peso di tre elefanti sul petto. Tutta la sofferenza patita alla morte di Alëna sembrava di nuovo fresca, mescolata al senso di colpa e alla vergogna per quello che avevo fatto al cuore gentile di Natasha.

E poi, semplicemente, mi spensi. Non riuscivo a funzionare. Non potevo scegliere. Era tutto troppo. E il mio silenzio, la mancanza di risposta sembrò mandare un messaggio a Natasha, perché annuì e tirò la tenda della doccia per aprirla, poi uscì.

Non riuscivo a muovermi. A dire una qualsiasi parola per sistemare quello che avevo creato.

«Ora chiamo Alex.» Aveva un tono sconfitto. Cosa che non avrei mai voluto sentire. Perché l'avevo spinta a questo, cazzo?

Ma no, non era distrutta a causa di Alex.

Era a causa mia. Restai sotto la doccia, intorpidito. Non sentii l'acqua diventare fredda, né mi resi conto di quanto tempo era passato da quando Natasha era uscita dal bagno.

Quando tornò, vestita e con le chiavi della Land Rover, il mio cervello non riuscì a registrare cosa stava succedendo.

«Me ne vado» mi disse. Non era una provocazione. Non c'era rabbia nei suoi toni spenti.

Sapeva che l'avrei lasciata andare. La sua prigionia era finita perché lei aveva deciso così.

«Non posso più stare qui con te.»

Riuscii a costringermi a muovermi. Chiusi l'acqua e presi un asciugamano. «Ti accompagno.»

«No.» Alzò una mano. «Non posso stare con te. Proprio... non posso. Darò le chiavi a Ravil una volta arrivata.»

Mi spensi mentre lei usciva. Mi trasformai in un guscio

vuoto. Il cervello mi funzionava a malapena, ma quando si accese cercai di convincermi che fosse la cosa migliore.

Stavo distruggendo tutto ciò che avevo avuto con Alëna e contemporaneamente spezzando il cuore di Natasha.

Solo che nessuna parte di me sentiva che era la cosa giusta.

Magari perché al momento non riuscivo a reagire ed ero travolto dalla sensazione di aver deluso Alëna.

Avevo deluso Alëna lasciando andare Natasha.

Ma non aveva senso.

CAPITOLO DICIASSETTE

Natasha

Mi misi al volante della Land Rover e regolai il sedile in avanti.

Non piangere. *Non piangere.*

Non avevo intenzione di piangere perché ero stufa. Cristo, era di nuovo come con Pamela Harrison. Ero rimasta lì, in attesa, sperando di essere abbastanza per Dima, ma ero stata solo un ripiego. Del tipo con cui giochi quando sei bloccato in uno chalet e non c'è nessun altro in giro, ma non abbastanza interessante da essere la tua ragazza.

Che si fotta.

Seriamente: fottiti, Dima.

Lasciai che alcune lacrime amare scendessero e recuperai il telefono.

L'avevo trovato con le chiavi di Dima. Erano in un cassetto del comò della stanza sua e di Nikolaj, insieme alla pistola. Nikolaj mi aveva a malapena guardato senza parole mentre li tiravo fuori e chiudevo il cassetto. «Te ne vai?» Ovviamente non avrebbe cercato di fermarmi.

«Sì» avevo tagliato corto.

Cercai il nome di Alex sul telefono e non venne visualizzato. «Ah sì» mormorai, ricordando che Dima l'aveva cambiato. «È sotto *coglione*.» Trovai il nuovo nomignolo e avviai la chiamata. Non rispose.

«Ehi... Alex.» Sospirai al telefono. Non riuscii a far sembrare la mia voce luminosa e solare per salvarmi la vita. Ero sicura che ogni briciolo di pesantezza che sentivo passasse nel messaggio, il che forse era un bene. «Credo che mi piacerebbe vederti e ascoltare la tua versione. Sono più o meno... confusa su tutto. Possiamo prendere un caffè domani? Chiamami.» Terminai la chiamata. Dima la stava ascoltando? Mi aveva manomesso il telefono? Era in grado anche di manomettere un cellulare? Non avevo idea di come funzionassero quelle cose. Dopo aver visto di cosa fosse capace Dima, però, non avevo dubbi che conoscesse un qualche metodo per ascoltare le mie chiamate. E avrei smesso di pensare a lui proprio in quel momento. Non mi interessava sapere se lo avrei rivisto. Anzi, avrei preferito di no.

Quando parcheggiai nel garage sotterraneo del Cremlino, avevo ormai messo su uno scudo piuttosto solido di indignazione e rabbia, a cui intendevo aggrapparmi per impedire a Dima di avere ancora la possibilità di farmi del male.

Ero stufa. Stufa. Stufa. Usai la chiave magnetica per arrivare alla suite attico senza invito e bussai. Valentina, una donna anziana che viveva nel nostro edificio e lavorava come governante di Ravil, aprì la porta.

«Sono per Ravil» dissi tenendo le chiavi.

Valentina non le prese, però. Alzò invece un dito e scomparve, presumibilmente per chiamare Ravil.

Il mio sguardo andò dritto al posto in cui di solito si trovava Dima quando era lì: alla postazione di lavoro improvvisata nel mezzo del soggiorno. Certo, era vuota, ma il soggiorno no. Oleg e Story erano sul divano, Story rannicchiata sulle ginocchia del suo enorme fidanzato. Sasha era in piedi vicino a una delle porte della camera da letto.

«Natasha!» Sasha mi salutò per prima. «Siete tornati.» Cercò di sbirciare intorno a me. «Dove sono Dima e Nikolaj?»

Scossi la testa, cercando di combattere l'offuscamento della vista, il soffocamento dell'emozione.

«Li ha lasciati lì.» Maxim apparve dietro Sasha, uscendo dalla camera da letto. «Adrian è andato a prenderli.» Accompagnò Sasha in avanti fino a quando entrambi non furono di fronte a me.

«Aspetta un attimo… ma è successo qualcosa?» Sasha mi scrutò, toccandomi il braccio. «Stai bene?»

«Sì. Sto bene» dissi con fermezza, cercando di trasformarlo in realtà. Naturalmente, anche Ravil arrivò in quel momento; molta più interazione umana di quanta potessi gestire al momento. Porsi le chiavi a Ravil. «Ho lasciato un messaggio ad Alex chiedendo di prendere un caffè domani. Non mi ha ancora risposto.»

Prese le chiavi, lo sguardo calmo e valutante. «Grazie di aver organizzato l'incontro. Mi farai sapere quando e dove è programmato?»

Annuii, rimanendo in silenzio. Stupido, ma sentivo la sensazione di perdita della protezione di Dima. Rapportarmi con Ravil senza di lui era spaventoso. Vedevo Ravil in modo diverso rispetto a prima della notte in cui Nikolaj era stato colpito. Non era più il nostro potente e ricco benefattore padrone di casa. Quella notte aveva aperto uno squarcio sul ventre criminale della sua organizzazione.

Erano abituati alla violenza. Alla violenza mortale. Ovviamente non era la prima volta che curavano una ferita in un ospedale veterinario invece di uno umano.

Eppure non era mai stato altro che cortese, anche quella notte in cui temeva che li avessi fregati.

«Grazie» disse Ravil andandosene.

Sasha però non era disposta a mollarmi così facilmente. «Perché hai lasciato lì Dima? Le cose sono andate male?»

«Ho chiuso con Dima» dissi con fermezza, rendendo pubblico il mio stato sentimentale. Sapevo che Story e Oleg stavano ascoltando dal divano, e Sasha non mi avrebbe lasciata andare senza sapere qualcosa. Che bello dirlo ad alta voce... come se, dicendolo con sufficiente convinzione, non sarei stata tanto stupida da voler essere di nuovo sua amica o lasciare che quella stupida fiamma di speranza si riaccendesse ancora.

Sasha sussultò. «Accidenti. Pensavo che ci fosse qualcosa tra di voi.»

«Beh, lo pensavo anch'io, ma pare che Dima preferisca aggrapparsi a un fantasma piuttosto che stare con una donna in carne e ossa, quindi mi chiamo fuori.»

Sasha spalancò gli occhi e Story ansimò dal divano. «Oh no, era quello il motivo della sua chiusura? *Gospodi*, non lo sapevo mica» esclamò Sasha.

«Accidenti.» Maxim si infilò le mani in tasca. «Nemmeno io. Non avevo idea che fosse questo il problema di Dima. Cioè, sapevo che non usciva mai con nessuna. Pensavamo che fosse introverso o una specie di asociale. Che per quello fosse più a suo agio davanti a un computer.»

«No.» Lasciai che l'amarezza mi trapelasse dalla voce. «È asociale al punto da impedirsi di vivere.»

«Mi dispiace, amica; la situazione fa schifo.» Sasha mi

strinse in un abbraccio, e quando mi lasciò c'era anche Story. Non conoscevo nessuna delle due tanto bene, ma eravamo amichevoli. Maxim si allontanò, lasciandomi con loro.

«Hai bisogno di una serata tra ragazze?» suggerì Sasha. «Possiamo portarti fuori e offrirti abbastanza drink da farti dimenticare gli uomini che preferiscono computer e fantasmi a donne vive.»

Mi lasciai andare a una risata languida. «Apprezzo l'offerta, ma voglio solo stare da sola in questo momento.» Stare con qualcuno dall'attico sarebbe stato solo un altro modo di pensare a Dima, a cui invece non volevo pensare. Me ne andai, promettendo di scrivergli se mi andava di uscire o avevo bisogno di compagnia, e poi scesi nel mio appartamento.

Mr. Whiskers mi salutò con un miagolio arrabbiato, e mi sedetti nel bel mezzo del pavimento, lasciando cadere la borsa con i vestiti a terra e avvolgendomi le braccia intorno alle ginocchia. Mr. Whiskers si prese un minuto, poi finalmente si avvicinò per strofinarsi contro di me. «Eccoti qui. Non essere arrabbiato con me.» Lo presi in braccio e seppellii la faccia nella sua morbida pelliccia. «Mi dispiace di essermene andata. Mi sei mancato tantissimo.» Miagolò di nuovo e iniziò a fare le fusa.

Le mie lacrime gli inumidirono la pelliccia mentre mi impastava la coscia con le zampe. «Mi dispiace di essermene andata. Stavo dando una possibilità a questo sentimento, ma non è andata.» Tirai su con il naso. «Non preoccuparti. Non ci riproverò tanto presto.»

DIMA

Bože moj, che dolore al petto. Avevo sentito il momento

in cui Natasha si era allontanata come un maledetto attacco di cuore. Se ne stava andando.

Se n'era andata.

Anche se la fine era inevitabile, anche se avevo spinto io stesso in quella direzione, fui improvvisamente accecato dal senso di colpa. Dal dolore.

Avevo ferito Natasha. Cosa imperdonabile.

Mi ero allontanato da lei fino a quando alla fine non era stata lei a rinunciare a me. Che cazzo avevo di sbagliato?

Non volevo che si arrendesse? Non era quello il punto di rifiutarsi di parlarle di Alëna? Di dirle ripetutamente che non ero fatto per lei, che non ero disponibile?

Perché allora mi sembrava di aver commesso il più grande errore della mia vita? Mi mossi attraverso lo chalet come un'apparizione, a malapena consapevole di ciò che mi circondava o di ciò che doveva essere fatto. Vagamente, mi resi conto di dover rimediare un passaggio, perché io e Nikolaj ora eravamo bloccati lì.

Riuscii a mandare un messaggio a Ravil per aggiornarlo sulla situazione e poi iniziai a fare le valigie.

«Che cos'è successo?» Nikolaj apparve sulla porta dell'ufficio. Aveva perso peso in settimana, ma a un certo punto oggi aveva fatto la doccia, si era rasato e vestito, quindi aveva un aspetto migliore.

Non riuscii a rispondere. Il mio cervello era rovesciato in uno spazio vuoto quando cercai la risposta alla sua domanda.

Come uno stronzo, riformulò la domanda, scandendola. «Cosa. È. Successo. Con. Natasha?»

«Ho...» Lo guardai assente. «Ho fatto un casino.»

Mi derise. «Ovviamente.» Alzò le sopracciglia e allargò le mani, in attesa di una spiegazione.

Affondai nella sedia della scrivania e lasciai cadere la

testa tra le mani. «Pensi che i morti da lassù guardino i vivi?»

«*Bože moj*, Dima!» scattò Nikolaj, come anche lui incazzato con me adesso. «Se fosse così...» Si fermò e fece un respiro profondo. «Pensi davvero che Alëna vorrebbe che tu passassi il resto della tua vita infelice come un coglione quando potresti aprire il cuore a un'altra?» Le sue parole caddero come una mazza sul mio petto già malconcio.

Mi accasciai sulla sedia. «Lo vorrebbe?» chiesi. Ero alla disperata ricerca della risposta, anche se non avrei creduto a Nikolaj. Come poteva saperne qualcosa lui? «Le ho promesso che non ci sarebbe mai stata nessun'altra.»

«Avevi *diciassette anni*» ringhiò Nikolaj. «Non volevi che la tua vita andasse avanti.»

Lo stridio del metallo contro la nostra auto mi risuonò nelle orecchie. Quella notte sul ponte, quando avevo quasi ucciso il mio gemello.

«Hai imparato a vivere, da allora» disse Nikolaj. «Ora puoi imparare anche ad amare.»

Gli occhi mi bruciarono. Mi rigirai l'anellino sul mignolo.

Imparare ad amare.

Vidi come in un film accelerato tutti i momenti che io e Natasha avevamo condiviso insieme quella settimana. Non solo quelli passionali ma anche quelli teneri. Anche quelli ordinari. Natasha che si assicurava che non bruciassi le uova mentre discutevamo. Il modo in cui appariva al chiaro di luna. Il suo prendersi cura di Nikolaj. E la desolazione totale che avevo visto sul suo viso quando alla fine aveva rinunciato a me.

Avevo imparato ad amare. Natasha me lo aveva mostrato. Anche se l'avevo respinta in ogni occasione, lei aveva continuato a bussare alla porta del mio cuore.

E io avevo continuato a negarle l'ingresso.

Pensavo di dover rimanere fedele ad Alëna, ma il senso di fallimento con entrambe mi pervase. Era possibile che negare il mio amore per Natasha significasse in qualche modo anche negare ciò che avevo avuto con Alëna?

Non aveva senso, eppure sembrava così. Incrociai lo sguardo esasperato di Nikolaj. «Ho fatto un casino.»

«*Da*.»

Mi passai le dita tra i capelli. «Non so se è risolvibile.»

«Tira fuori la testa dal culo e trova un modo.» Nikolaj se ne andò come se avesse deciso che il suo lavoro era finito.

«*Ëb vas*» lo maledissi alle spalle, ma non lo dissi sul serio. Stava cercando di salvarmi, come solo un fratello poteva fare.

~

Dima

Adrian si presentò più tardi per riportarci indietro. Aveva portato sua sorella, Nadja, per aiutarci a ripulire lo chalet, su richiesta di Ravil. Non c'era un servizio di pulizia da quelle parti, e Ravil non si sarebbe fidato di nessuno se non di un insider per dare indicazioni su dove si trovasse il posto.

Nadja non parlava ancora molto bene la lingua, e pensai che Ravil le avesse dato del lavoro per cercare di convincerla a rimanere nel mondo dei vivi. Lasciava a malapena l'appartamento, il che era comprensibile. Aveva subito un trauma che nessun essere umano avrebbe mai dovuto sopportare.

Al momento, trovai la sua presenza deprimente perfetta per me.

Diedi a lei e ad Adrian istruzioni tranquille su ciò che doveva essere fatto prima di partire e lavorammo fino a sera. Una volta pulito tutto e imballate le nostre cose, si diressero verso la macchina.

«Datemi solo... qualche minuto» dissi.

Percorsi il perimetro esterno dello chalet.

Ogni centimetro mi ricordava i momenti con Natasha. La vasca idromassaggio fuori dalla mia camera da letto. I film sul divano. Lei distesa sul bancone della cucina. Seguii il sentiero che dalla porta andava sul retro, oltre la pozza ormai asciutta dove era caduta, nel fango. Dove l'avevo baciata e l'avevo rivendicata in un modo che non aveva nulla a che fare con il controllo né con le punizioni.

Ci passai davanti, lungo il sentiero che avevamo imboccato quando avevamo visto la cerva.

Il crepuscolo cancellò gli ultimi raggi del tramonto mentre salivo sul masso su cui ci eravamo seduti noi due.

Una volta lì, mi sedetti a guardare il cielo.

Non sapevo cosa sperare: un messaggio da Alëna?

O da un Dio in cui non credevo?

Volevo che la cerva comparisse di nuovo come messaggera di perdono?

E da chi volevo essere perdonato?

Da Alëna o da Natasha?

Da entrambe, insisteva la voce nella mia testa.

Certo, era giusto. Le avevo disonorate entrambe. Avrei dovuto fare pace con il fantasma di Alëna prima di toccare Natasha. Girai l'anello intorno al dito.

Cercai di richiamare il viso di Alëna, ma per qualche motivo non riuscivo a recuperare il ricordo. Non riuscivo a metterlo a fuoco. «Alëna... *mne žal'*.» Mi scusai. «Avrei voluto mantenere le cose come alla tua morte, ma non posso. Sono successe troppe cose. Mi... mi sono innamorato di un'altra.» Me ne restai seduto lì in silenzio. Ovviamente non mi aspettavo una risposta o un segno, ma ci fu un leggero rilascio della pressione che sentivo in gola e nel petto che mi fece sentire come se avessi fatto la cosa giusta.

Tirai via l'anello. «Sei stato il mio primo amore. Ti amerò sempre.» Lo lanciai il più lontano possibile nella foresta che si stava rapidamente oscurando.

Non sentii nulla, nessun *tunk* o *plop* quando cadde. Chissà fin dove era finito.

Non importava. Non c'era più, come lei.

Era tempo per me di andare avanti.

Sperando che non fosse troppo tardi.

Alzai lo sguardo al cielo e, quando lo feci, vidi una stella cadente.

Bože moj, ecco arrivato il mio segno.

Mi bruciarono gli occhi.

Non ci potevo credere.

«*Spasibo*» mormorai al cielo, non sapendo bene se pensavo ad Alëna o a Dio. Non importava, comunque. Il perdono che cercavo sembrava improvvisamente a portata di mano.

CAPITOLO DICIOTTO

Natasha

L'ᴀɴsɪᴀ prese piede durante la notte e riuscii a malapena a concentrarmi al mattino. Non sapevo di cosa si trattasse; non era per l'incontro con Alex, che aveva mandato un sms nominando un caffè nelle vicinanze per il pomeriggio.

Era più una pressione che aumentava dentro di me. La sensazione che qualcosa fosse molto sbagliato. Era ansia da separazione. Come se avessi fatto la scelta sbagliata lasciando Dima, e avessi bisogno di rimediare. Solo che non avevo intenzione di farlo.

Ero un'ingorda di abusi, ma ne avevo avuti abbastanza. Dovevo raccogliere un po' di orgoglio e non guardarmi indietro. Non riuscii a fare colazione. Andai in palestra per cercare di scaricare un po' di energia, ma non aiutò.

Quando tornai, passai vicino alla pila ordinata di posta sul bancone della colazione. Qualcuno si era preso cura delle cose mentre ero via. La lettiera del gatto era pulita. La spazzatura era stata svuotata. I piatti lasciati nel lavandino per dopo erano stati lavati e riposti. Forse avevano pure spolverato e passato l'aspirapolvere.

Il che era un bene, perché l'indomani sarebbe tornata mia madre.

Non riuscivo a concentrarmi sulla posta, ma ci provai comunque. Feci scivolare il pollice sotto i lembi delle buste e le aprii, sistemandone il contenuto in una grande pila.

Poi lo vidi. *Saldato:* la chiusura del prestito studentesco. Aggrottai le sopracciglia e mi sforzai di leggere il foglio. La totalità dei miei prestiti studenteschi – tutti e quattro – era stata pagata. Oddio. Cos'era quella schifezza? Ravil e i suoi microprestiti. Solo che quello non era mica micro. Era enorme. E l'ultima persona con cui volevo essere in debito era Ravil. Mia madre mi avrebbe letteralmente uccisa. Caricandomi d'indignazione, presi il telefono e composi il numero di Ravil. Non l'avevo mai chiamato prima, e sembrava inappropriato, come chiamare il presidente degli Stati Uniti o qualcosa del genere, ma lo feci comunque.

«Natasha» rispose con quel suo tono freddo e mite.

«Io non ho chiesto nessun prestito» scattai. Di solito non ero scortese, ma qui erano andati troppo oltre.

«Prego?»

«Non ti ho mai chiesto di pagarmi i prestiti studenteschi. Apprezzo il gesto, ma non voglio essere in debito con te. Potevo gestirli da sola.»

«Mmm» disse. «Pensi che li abbia pagati io? Non sono stato io, Natasha.»

Aprii la bocca e poi la chiusi quando mi resi conto di quello che aveva appena detto.

«Immagino che se ne sia occupato Dima.»

«Se n'è occupato…» ripetei vuotamente. Solo sentire il suo nome mi frantumò il cuore come se fosse fatto di vetro. «Se n'è occupato… come?»

«Dovrai chiederlo a lui, Natasha. Ti sei messa d'accordo col tuo amichetto?»

«Non è mio amico» insistetti. «E sì. Ci vediamo allo Starbucks di James Street alle tre e mezza.»

«Bene. Ci occuperemo noi di prepararti prima che tu vada.»

«*Noi* chi? Non Dima…» gli dissi. Non mi interessava di sembrare una ragazzina di terza elementare. Né un'amante abbandonata. Non riuscivo a sopportare di vedere Dima in quel momento.

«Va bene, Natasha» disse Ravil in quel modo sempre paziente in cui parlava.

Terminai la chiamata e guardai di nuovo il saldo del prestito. Dima si era intrufolato nel loro sistema? O aveva effettivamente pagato i miei prestiti? A ogni modo non mi piaceva. Lo odiavo. Perché non riuscivo a fermare le lacrime che mi rigavano il viso.

DIMA

Camminavo avanti e indietro nell'ufficio di Ravil. Odiavo fottutamente tutto ciò che riguardava l'idea di mandare Natasha a incontrare Alex.

«È un agente dell'FBI» mi ricordò Maxim. «Non le farà del male. Il peggio che può farle è portarla via per un interrogatorio, e nel caso Lucy farà un tale casino che la lasceranno andare immediatamente. Non dimenticare il video che abbiamo di lui che spara a Nikolaj.»

«Continuo a non vedere perché sia necessario. Non le dirà nulla che io non abbia già scoperto. Non voglio che le si avvicini.»

«Puoi seguirla se vuoi, solo per assicurarti che sia al sicuro» mi ricordò Maxim. Come se avessi bisogno del suo permesso. Certo che avevo intenzione di essere la sua cazzo di ombra.

Ravil rimase in silenzio, ma sapevo che aveva già deciso.

«Voglio solo sentire cos'ha da dire su quello che è successo, e lui si è offerto di darle una spiegazione. Saremmo sciocchi a negargliela» ragionò Maxim.

«E come vogliamo prepararla?» chiese Ravil. «Quali domande vogliamo che faccia, quali avvertimenti le vogliamo dare su ciò che può e non può dire?»

Incrociai le braccia sul petto e guardai Maxim. Era lui il nostro risolutore. Quella era la sua strategia.

«Può dirgli che Nikolaj ce l'ha fatta, non grazie a lui. Ovviamente, nessuna informazione sullo chalet o su come è stato curato e da chi. Dovrebbe chiedergli cosa stava cercando e perché ha sparato a Nikolaj. Solo informazioni di base. Voglio solo sentire cosa dirà.»

«Vuoi che indossi una cimice?» chiesi. Non mi piaceva affatto.

«No. Non stiamo raccogliendo prove. A meno che non dubiti che Natasha ci riferisca tutto quello che dirà.» Alzò le sopracciglia nella mia direzione.

Mi fidavo di Natasha. Ero stato sciocco a dubitare di lei. Ma non potevo garantire quanto sarebbe stata collaborativa. Non voleva farlo in partenza, e non ci eravamo separati bene. Dal momento che comunque odiavo il piano, feci semplicemente spallucce.

«Ah sì. È incazzata con te, no?» chiese Maxim. «Vuoi dirci cosa è successo?»

«No.» Strinsi le braccia al petto.

«Le hai spezzato il cuore?»

Guardai Maxim, sentendomi preso a pugni nell'intestino dalla domanda. Alla fine annuii, incapace di parlare.

«Hai intenzione di sistemare il casino?»

Avevo intenzione di sistemare le cose, ma ancora non avevo capito come. Non l'avevo chiamata né le avevo mandato un messaggio la sera prima, quando eravamo tornati. Sembrava troppo presto. In mattinata l'istinto mi aveva detto che le serviva ancora tempo. E prima avevo bisogno di mettere insieme la mia merda.

«Ci proverò.» Mi si spezzò la voce come se fossi un adolescente.

Ravil mi inchiodò con uno sguardo tagliente. «Non è tanto distrutta da ritorcersi contro di noi, vero?»

Esitai, ma poi scossi la testa. Potevo anche aver dubitato di Natasha in passato, ma mi ero sbagliato. Non lo avrebbe mai fatto. Non era cattiva né vendicativa, neanche quando era arrabbiata con me.

Annuì a Maxim. «Va bene. Parla tu con Natasha: non vuole avere a che fare con Dima in questo momento.»

Anche se lo sapevo, sentirlo dire ad alta voce da Ravil mi distrusse.

Andai nella mia stanza, poco desideroso di starmene in salotto con altre persone. Ma una volta lì, non seppi cosa fare di me stesso. Sembrava passato così tanto tempo da quando stavo cyberstalkerando Natasha sul feed di sicurezza dell'edificio…

All'epoca era solo una fantasia. Un'ossessione, ma niente che avrei mai messo in pratica. Ora invece la conoscevo. L'avevo assaggiata. L'avevo trattenuta. L'avevo baciata e avevo riso con lei. Ora la sentivo mia. Eppure non potevo essere più lontano dalla verità.

Il punto del dito in cui avevo indossato l'anello di Alëna segnava il mio cambiamento. All'interno era tutto diverso e riorganizzato, ma era troppo tardi?

Speravo assolutamente di no, cazzo.

Natasha

Ordinai qualcosa da bere da Starbucks e mi guardai intorno. Alex non era ancora arrivato. Era stato sempre puntuale le altre volte che ci eravamo visti, ma non ci lessi nulla.

Mi sentivo vuota e pesante allo stesso tempo. Un po' come piena riempita di sabbia. Non volevo star lì. Interagire con qualsiasi essere umano sarebbe stato doloroso al momento, ma in particolare non volevo parlare con Alex. Era un altro che mi aveva usata. E non gli avevo fatto nemmeno da amica di ripiego. Ero solo un bersaglio che aveva usato per raggiungere i miei amici.

E sì, li consideravo ancora amici anche se era successo qualcosa con tutti loro.

Erano ancora la mia comunità. Le mie persone.

Ma forse gli importava davvero di me. Avevo letto tutti i messaggi che mi aveva mandato nell'ultima settimana. Quelli che Dima aveva intercettato e a cui aveva risposto.

Si sera scusato. Aveva detto che stava male per avermi coinvolta e che sapeva che non facevo parte della bratva. Aveva detto che gli piacevo, e che non aveva finto i bei momenti che avevamo vissuto insieme.

Scommettevo che uno in particolare aveva fatto impazzire Dima.

Mi sedetti e aspettai. Il tempo passò. Cinque minuti e poi dieci.

Ma davvero? Che cazzo… Alex mi stava dando buca ora?

Bene, vaffanculo. Io avevo fatto la mia parte. Non avevo intenzione di perdere altro tempo lì. Non quando avevo appena trascorso l'ultima settimana da pseudoprigioniera della bratva nella foresta. Mi alzai e me ne andai.

«Natasha!» Mi girai nella direzione della voce e vidi Alex nella sua auto sul marciapiede. Mi salutò.

«Scusa il ritardo.»

Andai verso la sua macchina.

«Hai già preso il caffè?» Diede un'occhiata alla tazza che avevo in mano.

«Ehm, sì.» Mi girai e guardai lo Starbucks alle mie spalle. Non avevo nessuna voglia di tornare indietro. Ormai credevo di essermela scampata.

«Non sono riuscito a trovare parcheggio. Perché non sali? Ti riporto indietro e chiacchieriamo in macchina.»

Il Cremlino era a pochi isolati di distanza, ma vabbè. Mi servivano delle risposte. Aprii la portiera e salii. Lui si allontanò dal marciapiede e si infilò nel traffico.

«Ti hanno costretto loro a farlo?» chiese disinvolto.

Avrei dovuto essere preparata alla domanda, ma il mio cervello era tanto preso dal non pensare a Dima che per un attimo mi mancò l'aria.

«Cosa te lo fa pensare?»

«Hai detto che non volevi avere nulla a che fare con me, ma poi eccoti qui. Cosa ti ha fatto cambiare idea?»

Raccolsi tutta la rabbia che provavo nei suoi confronti e la sguainai come una spada. «Non lo so, magari volevo dirtelo di persona. Non ho apprezzato di essere stata usata, Alex. Sai quanto mi sono sentita stupida quando ho scoperto che mi avevi chiesto di uscire solo per arrivare alla bratva? E hai idea della posizione in cui mi hai messa con loro? Questi sono i *miei amici*, Alex. Vivo nel loro edificio e conto sulla loro benevolenza! Sono incredibilmente fortunata a non essere stata cacciata insieme a mia madre.»

L'amichevole maschera di Alex cadde. «Pensi che siano

dei bravi ragazzi?» chiese con più rabbia di quanto mi sarei aspettata da un agente federale.

Fu allora che mi resi conto che non era tornato indietro verso il Cremlino. Il che significava che... non avevo idea di dove mi stesse portando.

«Vivi con dei criminali. Assassini. Accettare la benevolenza di una fratellanza del crimine organizzato è piuttosto contorto, Natasha.»

«Dove stiamo andando?» chiesi, afferrando la maniglia della portiera. Forse potevo saltare fuori al semaforo successivo. Ma fu allora che mi punse con un gigantesco ago nella parte superiore della coscia e premette lo stantuffo. Gli presi il polso per estrarlo, ma aveva già finito.

«Lascia che ti racconti una storia sui tuoi *amici*. Il loro *pachan* è la ragione per cui crebbi senza padre.»

«Cosa?» strofinai il punto in cui mi aveva fatto la puntura. «Che cosa mi hai fatto?»

Tutta la cordialità aveva lasciato il suo volto. Alex sembrava di dieci anni più vecchio di quando l'avevo visto l'ultima volta, nonché tanto mortale quanto i miei vicini della bratva. «È solo un rilassante muscolare» disse, ora concentrato sulla situazione. «Starai bene.»

«Ma... cosa stai facendo?» chiesi, la testa già troppo pesante per il collo. La lasciai scivolare contro lo schienale.

«Ti sto usando, Natasha. Sembri importante per Ravil, quindi vedo se riesco a fare uno scambio. La tua vita per la sua.»

Non riuscivo più a muovere le gambe. Non riuscivo a far funzionare il collo. Mentre il mondo girava e piombava intorno a me, tutto ciò che riuscivo a sentire era la sua voce che si ripeteva: *ti sto usando, Natasha.*

Proprio come tutti gli altri della mia vita.

～

Dima

Cazzo, cazzo, cazzo!

«Da questa parte!» gridai al telefono mentre correvo sul marciapiede verso l'incrocio. Mi tuffai sul lato passeggero dell'auto di Nikolaj.

«Dove sono?»

«Nissan argento, sta girando a sinistra» abbaiai. «Lo vedi? Laggiù!» indicai.

«Ce l'ho.» Il piede di Nikolaj premette sull'acceleratore e tagliò la strada alla macchina accanto a noi per procedere. «Cos'è successo?»

I campanelli d'allarme mi suonarono in testa.

«Si è presentato nella sua auto e ha detto che l'avrebbe portata a casa.»

Nikolaj non disse nulla, concentrato sul farsi strada attraverso il fitto traffico del centro di Chicago.

«Pensi che la stia portando da qualche parte?»

«*Bljad'*... non lo so! Potrebbe non essere nulla. Ma mi sembrava tutto sbagliato.»

«Non è diretto verso casa.»

Il mattone che avevo ingoiato mi affondò nella pancia. Nikolaj aveva ragione. Era diretto nella direzione sbagliata. Tutto in quella storia era sbagliato. Ed era tutta colpa mia. L'avevo fatta incontrare con quel ragazzo. L'avevo messa io in quella posizione. Non mi sarei perdonato mai e poi mai se le avesse fatto del male.

«Che cos'era?» chiese Nikolaj quando Alex gettò qualcosa dal finestrino. L'oggetto si frantumò sul marciapiede.

Mi girai per dargli un'occhiata. «Cazzo!» Feci scorrere il telefono verso l'alto per cercare l'indicatore della posizione di Natasha.

«Il suo telefono.»

«Sicuramente non la sta portando a casa, allora» disse Nikolaj con espressione torva.

«No.» Scrissi a Ravil un aggiornamento, e quando guardai avanti la Nissan argento era scomparsa. *«Bljad'!* Dov'è andato?»

«Ce l'ho» disse Nikolaj torvo, tagliando per un garage multipiano.

«Sei sicuro?» Ero fuori di testa in quel momento. «L'hai visto entrare qui?»

«Sì.»

«Che cosa stai facendo?» gridai quando Nikolaj rallentò invece di dargli la caccia.

«Vuoi farti beccare?»

«No.» Cercai di rallentare la frequenza cardiaca facendo respiri profondi dal naso. Quando raggiungemmo il livello di parcheggio successivo, Nikolaj fece inversione e tornò indietro lungo la rampa.

«Che fai?» Mi girai per guardarmi alle spalle, nella direzione in cui la Nissan era scomparsa.

«Parcheggio qui, vicino all'uscita. Non potrà andarsene senza che io lo veda. Vai a cercare il cazzone a piedi.»

Giusto. Grazie a Dio Nikolaj ragionava meglio di me.

«Dillo a Ravil.»

«Ci penso io.» Aveva già il telefono in mano, il pollice sullo schermo. Afferrai la Glock e corsi verso gli ascensori. Superai i piani, uno per uno, scendendo e guardandomi intorno. All'ultimo vidi l'auto, ferma proprio sul bordo della ringhiera. Il mio cuore smise di battere per un momento, poi invertì la direzione. Cosa stava facendo quel tizio? La minacciava di buttarla giù?

Il telefono mi vibrò in tasca e controllai il messaggio che Maxim aveva mandato a me e Nikolaj.

Alex ha appena chiamato Ravil per dirgli di venire in cima a un garage all'incrocio tra la Settima e la Wood o avrebbe ucciso Natasha.

Quasi vomitai. Alex era fuori di testa. Poteva anche far parte dell'FBI, ma quella folle operazione non era certo autorizzata. Proprio come sparare a Nikolaj non faceva parte delle procedure. Quello voleva Ravil e solo lui. Sembrava... una vendetta.

Siamo al garage. Sto entrando, risposi.

Aspetta i rinforzi, ordinò Maxim.

Lo ignorai e infilai il telefono in tasca. Non avevo un piano, ma non potevo stare fermo e non fare nulla. Non quando Natasha si trovava in quell'auto sull'orlo di un garage di dieci piani con un agente federale pericoloso e forse squilibrato. Feci il giro esterno del garage, cercando di rimanere dietro i pilastri e nell'ombra mentre mi avvicinavo. Quando sentii la voce di Natasha, una nuova scossa di adrenalina mi corse nelle vene. Feci di corsa il giro di un altro pilastro e...

«Butta la pistola o è morta.»

Natasha

Urlai mentre Alex mi teneva alla ringhiera, la pistola puntata alla testa. Non riuscivo a muovere le membra abbastanza bene da contrastarlo. Mi strinse una mano sulla bocca e mi fece girare a faccia in giù verso il terrificante baratro. La vista vacillò per l'altezza e inspirai ossigeno attraverso il naso sentendo improvvisamente di non riuscire a respirare. Anche prima di vedere Dima, avevo capito che era lui. La consapevolezza non arrivò né con calore né con rancore. Era solo una certezza. Io e Dima non potevamo fare a meno di orbitare l'uno intorno all'altra, anche dopo che avevamo concordato di non volerlo.

«Va bene, va bene.» Dima allargò immediatamente le

braccia di lato, le dita sollevate dalla pistola mentre piegava lentamente le ginocchia e la abbassava a terra.

Teneva gli occhi incollati su Alex.

«Dalle un calcio in questa direzione» ordinò Alex.

Cercai di liberare la faccia dalla presa di Alex. Il suo palmo puzzava di sudore e metallo. Le gambe mi reggevano a malapena, quindi ero accasciata contro il corpo di Alex. Forse era un bene, potevo fargli perdere l'equilibrio. Mi feci più pesante, vacillai contro di lui. Dima rispettò l'ordine, calciando la pistola nella nostra direzione. Quella scivolò sull'asfalto, girando fino a fermarsi a metà strada tra di noi.

«Lasciala andare.» Si abbassò lentamente fino a mettersi in ginocchio con le mani dietro la testa, come in arresto. Mi sprofondò lo stomaco quando mi resi conto che si stava arrendendo ad Alex... per me.

«Ho chiesto di Ravil» ringhiò Alex.

«Ravil sta arrivando» garantì Dima.

«Io vi seguo fin da Starbucks. Ascoltami, vuoi Ravil, no? Prendi me invece. Lascia andare Natasha. Lei non fa parte di questa storia.»

La presa di Alex sulla mia mascella si strinse, tirandomi il collo. «No, lei rimane proprio dove si trova.»

Dima scosse la testa. Era a venticinque metri di distanza, ma anche da lì vedevo che era pallido e sudato, che aveva paura per me. «Lei non significa niente per Ravil. È solo una che vive nell'edificio.» L'accento era marcato per la paura. «Io sono un fratello bratva per lui. Prendi me invece.... lasciala andare.» Avanzò in ginocchio.

«Resta dove sei!» urlò Alex.

Dima si bloccò. «Lasciala andare. Ti prego... *požalujsta.*» Ora lo stava implorando per me.

Il giorno prima – una vita prima – mi sarei commossa nel vedere la profondità della paura di Dima per me. In quel momento però registrai solo dolore. Avevo chiuso la porta ai miei sentimenti per Dima. Niente me l'avrebbe fatta riaprire. Dima si spostò in ginocchio. No, si stava insinuando di nuovo in avanti.

«Muoviti di un altro fottuto centimetro e Natasha verrà ferita. Hai capito?»

Notai che Alex aveva detto *ferita,* non *uccisa.* Forse ero matta, ma non credevo che mi avrebbe effettivamente sparato. Certo, era pur vero che avevo pensato di piacergli e che non avevo creduto al fatto che mi avesse usata per arrivare alla brava.

Le labbra di Dima si separarono dai denti in preda alla rabbia, ma lo guardai mentre risucchiava la sua furia. Quando parlò, rese la sua voce conciliante. Persino supplichevole. «Alex, tu non vuoi farle del male, io lo so. Non intendevi nemmeno sparare a Nikolaj, vero? Rimetti la sicura alla pistola. Non vogliamo che capiti un altro incidente.»

Qualcosa nelle sue parole dovette arrivare ad Alex, perché mi tolse la canna della pistola dalla testa. Era ancora puntata verso di me, ma non mi premeva più il metallo sulla testa.

Dima era tutto concentrato sul tenere gli occhi su Ale; non mi guardava che per millisecondi.

«Cos'ha che non va?» chiese. «Sta bene. Le ho dato un rilassante muscolare.»

Sì, e mi aveva resa una confusa poltiglia di inutilità. I battiti cardiaci lenti mi colpivano le costole con nauseanti tonfi di paura.

«Ti prego. Non mi muovo. Lasciala venire da me. Così potrai puntare la pistola su entrambi contemporaneamente.» Mi lanciò una rapida occhiata. «Ce la fai a camminare, Natasha?»

Alex tirò il mio corpo davanti a sé come uno scudo. «Lei non va da nessuna parte» ringhiò. «Dov'è Ravil?»

L'ascensore si mosse e Alex si girò verso di esso, tenendomi di fronte a lui come uno scudo umano. Le porte si aprirono su Ravil, con le mani in aria.

Aveva pantaloni color cachi e una camicia aperta sul collo. Il linguaggio del corpo era rilassato, nonostante gli ostaggi. Uscì e venne verso di noi con passo né lento né veloce, col portamento di una calma imperturbabile, persino disinvolto. «Cercavi me?»

La domanda mite sembrò irritare Alex, che portò di nuovo il calcio della pistola contro la mia tempia. Piagnucolai. Dima avanzò in ginocchio in direzione della sua pistola. Colsi il movimento delle ombre che emergevano dall'area della rampa. Era arrivata la bratva.

Ravil si fermò, forse riconoscendo che la sua avanzata stava innervosendo Alex.

«Si tratta di una cosa personale, giusto? Che cos'ho fatto per provocare la tua ira?»

«Hai ucciso mio padre» sputò Alex.

Le sopracciglia di Ravil si abbassarono.

«Ah… possibile. Chi era tuo padre?»

«Sergej Litvin. Te lo ricordi? Lo uccise la tua cellula bratva.»

«Sergej Litvin?» Ravil lo sbeffeggiò. «Tuo padre non è morto.»

Alex balbettò, scuotendomi come se fossi stata io a dirgli bugie. «Venne ucciso nel 1998 in Russia, a Mosca.»

Ravil avanzò con la solita andatura tranquilla. «Sergej è mio fratello bratva. È vivo e vegeto a Mosca. Chi ti ha detto che l'ho ucciso?»

Alex respirò forte dal naso, ma la sua presa su di me si allentò. La pistola si allontanò dalla mia testa. Dima si era avvicinato, e sentii qualcuno dietro di noi, ma non osai rischiare di dare un indizio ad Alex.

«Mia madre. Mi ha detto che venne ucciso dalla bratva di Mosca. La cellula con cui eri prima di trasferirti qui.»

«Ah.» Ravil spostò la testa indietro in segno di comprensione, fermandosi a dieci metri di distanza. «Forse lo crede, ma ti assicuro che tuo padre è vivo e vegeto.»

Alex scosse la testa. «*Net*. Lo uccise la bratva, e tu ne facevi parte.»

«Da quant'è che studi la bratva? Non a sufficienza, temo. Dovresti sapere che quando un uomo si unisce alla fratellanza, giura di lasciarsi tutta la famiglia alle spalle. Per il resto del mondo deve essere morto.»

Alex espirò distrutto.

«Ti assicuro che tuo padre è vivo. Te lo dimostrerò. Posso chiamarlo adesso. È mezzanotte a Mosca, ma risponderà. Come ho detto, siamo fratelli.»

La pistola cadde al fianco di Alex e la sua presa su di me si allentò.

«Natasha, vieni da me.» Dima mi chiamò con tono basso e allarmato. Era in piedi, teneva le braccia aperte. Mi lanciai in avanti, cercando di camminare sulle gambe gelatinose, ma Alex mi tirò indietro.

«Non ti credo. Dimostralo.»

Ravil annuì. «Prendo il telefono» disse, con la mano sospesa sopra la tasca, come se stesse aspettando il permesso.

«Lentamente.» Il respiro di Alex raschiò pesantemente contro il mio orecchio. La pistola tremò. Una mossa a sorpresa, e il grilletto sarebbe saltato. Ravil tirò fuori il telefono e compose un numero impostando il vivavoce. Si sentì la voce di un uomo, impastata dal sonno.

«Che cazzo vuoi, Ravil? È notte fonda qui» disse in

russo. Ravil tenne lo sguardo incollato al volto di Alex mentre parlava in russo.

«La donna con cui stavi alla fine degli anni Novanta… come si chiamava? Era Volkov?»

L'altro esitò prima di parlare. «Perché lo chiedi?»

«Hai un figlio con lei?»

«Con Julija Volkov? *Net*, perché lo chiedi?»

«C'è un giovane qui che vuole uccidermi. Afferma di essere tuo figlio.»

Dopo una pausa troppo lunga, Sergej disse: «Mandalo via. Io e Julija non abbiamo avuto figli insieme. Non voleva avere nulla a che fare con me né con la bratva.»

«Bugiardo!» Alex esplose, spingendomi da parte e lanciandosi verso il telefono. Oleg, Adrian, Majkl e Maxim uscirono dall'ombra. Oleg gli tolse la pistola dalla mano e insieme lo portarono sull'asfalto mentre lui urlava: «Dammi il telefono! Lasciatemi parlare con quel pezzo di merda!»

Dima scattò per prendermi, stringendomi così forte che riuscii a malapena a respirare.

Ravil chiuse la chiamata e osservò spassionatamente i ragazzi sferrare diversi pugni e calci ben piazzati, poi intervenne con il mite ordine: «Non uccidetelo.»

Il telefono di Ravil iniziò a squillare, ma lo ignorò. Alex ansimò, fissando da un occhio che si stava gonfiando rapidamente mentre i ragazzi lo perquisivano alla ricerca di ulteriori armi, sfilandogli dalle tasche un coltello e un caricatore.

Ravil sostenne lo sguardo di Alex e gli fece un cenno. «Stava mentendo» concordò, come calmando un bambino che faceva i capricci. «Dimentica che ora ho un figlio. Non ho intenzione di uccidere la progenie di un altro solo perché le famiglie non sono ammesse nella bratva.»

Dima non mi aveva ancora lasciata. Mi baciò la testa; le sue braccia erano come fasce d'acciaio intorno a me.

Il telefono di Ravil ricominciò a squillare. Lo controllò. «È tuo padre.» Tenne il telefono davanti al viso e rispose a una videochiamata. «Sergej» disse. «Ho tuo figlio.» Ravil girò il telefono per mostrargli il volto ormai insanguinato di Alex.

«Alex» gracchiò l'altro.

Ravil guardò Alex. «Vedi? Lui ti conosce. Hai fatto un casino, Sergej. Tuo figlio lavora per l'FBI: è come il Comitato Investigativo in Russia. Pensava che la bratva ti avesse ucciso, così è venuto a cercarmi.»

«Figlio...» Sergej gracidò in russo. Ravil girò di nuovo il telefono e il suo tono cambiò: «Ravil, non fargli del male. Lascialo andare, non lo sapeva. Sua madre gli disse che ero morto. Conosci le regole.»

«Le conosco» concordò Ravil. «Vieni qui a occuparti di lui o lo farò io.»

«Vengo. Chicago, giusto? Vengo subito. Lascia andare mio figlio.»

«Chiamami quando arrivi.» Ravil terminò la chiamata senza aspettare risposta. Si infilò il telefono in tasca e si rivolse ad Alex. «Vedi? Tuo padre è mio fratello. Questo mi rende tuo zio, no? Ora siamo una famiglia.»

Alex si appoggiò sui gomiti e sputò sangue dalla bocca.

Era sottomesso, forse dispiaciuto, difficile a dirsi.

«Va bene. Ci speravo in un contatto interno dell'FBI.» Diede un'occhiata a Oleg. «Accompagnalo alla sua macchina.»

Oleg tirò in piedi l'agente picchiato e lo depositò al posto di guida della sua auto.

Ravil si avvicinò e si fermò davanti alla portiera aperta. «Ci sentiamo, nipotino.»

Sorrise quando l'espressione sul volto di Alex si

trasformò in una di totale sgomento mentre metabolizzava il fatto che la sua vendetta lo aveva portato a infilarsi nella bratva che tanto odiava.

Ravil chiuse la portiera e toccò la parte superiore dell'auto.

«Natasha» gracidò Dima, allentando finalmente la presa su di me. «Stai bene? Sei ferita?» Con un braccio ancora intorno alla schiena, si allontanò per controllarmi il viso.

Quando mi accarezzò i capelli scattai indietro; le lacrime mi bruciavano gli occhi.

«Smettila.»

«Ti prego, Natasha.» Il rimpianto si riversò nell'espressione di Dima. «Mi dispiace tanto, per tutto. Possiamo parlare?»

Feci un passo indietro; le gambe iniziavano a sentirsi più stabili.

«No. È finita, Dima.» Non ero più arrabbiata. Ero stanchissima, cavolo. Non potevo salire di nuovo sulle montagne russe con lui. Mai più. Sbatté le palpebre, il viso pallido.

«Non mi lascerò più usare e non posso essere il tuo ripiego. Ti prego di rispettare i miei desideri e di lasciarmi in pace.»

«Non sei il mio ripiego, Natasha. Ascolta…»

«No» dissi con fermezza, mettendogli le mani sul petto e dandogli una spinta. «Non posso farlo.» Stavo combattendo le lacrime e non volevo davvero che tutta la banda mi vedesse piangere per Dima. Quanto potevo essere patetica?

«Nikolaj ti porterà a casa.» Mi toccò il gomito e poi ritrasse la mano come se avesse paura di toccarmi. Mi parve sbagliato anche se era quello che avevo appena chiesto.

«Grazie» sussurrai. Parola che racchiudeva tantissimo: gratitudine per ciò che avevamo condiviso e un addio. Scosse la testa come se non lo accettasse, ma Nikolaj salì la rampa come se conoscesse il piano e Dima andò al lato del passeggero e mi aprì la portiera.

Entrai senza dire una parola. L'aver lasciato lo chalet ora sembrava un test, ma stavolta era davvero finita.

CAPITOLO DICIANNOVE

Dopo essermene rimasto sul letto a fissare il soffitto tutta la notte, rimasi nella mia stanza invece di andare in cucina a fare colazione. Non riuscivo a stare con nessuno.

Avrei voluto dare un pugno in gola a Ravil e Maxim per aver escogitato il piano che aveva comportato un pericolo per Natasha.

Bože moj, non sarei mai riuscito a togliermi dalla mente l'immagine di quella pistola puntata alla sua testa.

E sapere che era stata colpa mia…

…mi distruggeva.

Lei non voleva andare, e io l'avevo costretta.

Ed ecco com'era andata a finire.

Sprofondai nel letto e fissai l'oscurità.

E la cosa peggiore era che Natasha pensava che l'avessi usata. Quello mi faceva letteralmente diventare pazzo.

Mi aveva paragonato a Pamela Harrison.

Niente avrebbe potuto essere più lontano dalla verità.

Lei non era mai stata un ripiego. Non era una situazione di comodo. Nemmeno lontanamente. Scuoteva il mio mondo fin da quando l'avevo conosciuta.

Forse era stato quello a spaventarmi tanto.

Non volevo che significasse per me più di quanto non significasse Alëna perché questo, ancor più della promessa che le avevo fatto, mi faceva sentire infedele.

E ora non potevo nemmeno dire a Natasha queste cose, perché mi aveva chiesto di rispettare i suoi desideri e di starle lontano.

Non avrei potuto incasinare le cose di più con lei.

Non mi era sfuggita l'ironia della situazione per cui, una volta che mi ero sentito pronto ad aprire il mio cuore, lei aveva chiuso il suo.

Non mi sarei arreso, ma non sapevo da dove cominciare.

Non potevo hackerarle il cuore. Non sarei riuscito a risolvere la situazione da dietro il computer.

Non ero abbastanza patetico da cercare di scriverle per spiegarle come mi sentivo. Avevo bisogno di dimostrarglielo, in qualche modo.

Ma cosa le avrebbe dimostrato che non l'avevo usata? Che ero cambiato ed ero pronto a mettermi in gioco del tutto? Non avevo assolutamente nessuna cazzo di idea.

Probabilmente avevo bisogno di aiuto. Onestamente, avrei preferito buttarmi giù dal vano dell'ascensore piuttosto che mettere a nudo la mia anima davanti ai miei coinquilini, ma forse una delle donne poteva dirmi cosa fare.

Ecco la verità: avevo solo bisogno di qualcuno che mi dicesse cosa fare. Mi diressi nella zona giorno principale dell'attico, che mi sembrava sconosciuta dopo aver trascorso la settimana con Natasha. Era familiare, ma sbagliata.

Tutta sbagliata.

«Hai un aspetto di merda» osservò Maxim. Lui e Sasha erano in cucina con le loro tenute da corsa con le mani l'una sull'altra. «Davvero. Sei ridotto come Nikolaj.»

«Grazie.» Andai verso il bancone della colazione, attirandomi altri insulti.

«Allora, che succede con Natasha?» chiese Sasha. Non era il tipo che si faceva gli affari suoi, ma per una volta fui quasi grato dell'intrusione. Tuttavia, non avevo una risposta.

Feci spallucce, debolmente.

«Ha detto che preferivi un fantasma a una donna in carne e ossa. Che sta succedendo?»

Scossi la testa e poi annuii. L'affermazione mi uccise, ma a Natasha probabilmente sembrava accurata. Non c'era da stupirsi che si sentisse un ripiego.

«Ho detto addio al mio fantasma» dissi a Sasha, con la voce rotta. Mi buttai sullo sgabello di fronte a lei. «Ma penso che sia troppo tardi. Ora non mi vuole parlare.»

Story e Oleg uscirono dalla loro camera da letto e mi si avvicinarono da me, trasmettendo entrambi gentilezza ed empatia. Contemporaneamente, Lucy uscì dalla camera da letto di Ravil con una vestaglia corta, il piccolo Benjamin aggrappato al fianco.

Con una fitta che mi tolse quasi il fiato, mi resi conto di quanto volevo quello che aveva Ravil: la donna che amava e un bambino che adoravano. L'intero pacchetto. Un dolce e piccolo nucleo famigliare.

Qualcosa che nessuno di noi avrebbe mai pensato di poter avere.

Le donne che erano entrate nella vita dei miei fratelli avevano portato abbastanza dolcezza da contrastare alcune delle macchie delle nostre anime causate dalla bratva.

Volevo la dolcezza di Natasha. Volevo l'intero pacchetto con lei.

«Quando Natasha era appena arrivata in America, aveva una vicina che si comportava da amica solo quando erano a casa. A scuola, la considerava troppo russa per stare con lei.»

Sasha fece un'espressione inorridita, sempre drammatica.

«Mi ha paragonato a quell'amica.»

Lucy mise a sedere il bambino sul bordo del bancone per la colazione e Sasha lo raggiunse immediatamente. «E allora tu dimostrale che il vostro non è un rapporto di convenienza» riassunse.

Mi rivolsi a lei, grato per la sua analisi. «Sì. Ma lei non mi vuole parlare.»

«Allora faglielo vedere.»

«Dovrebbe essere plateale» soppesò Sasha. «Qualcosa di grande.»

Naturalmente, la predisposizione di Sasha per il dramma entrava sempre in gioco.

Ma tutti gli altri sembravano d'accordo.

«Sì. Plateale e grandioso» ripeté Maxim.

«Un cartellone pubblicitario» suggerì Story.

Oleg disse qualcosa con il linguaggio dei segni, e io lo guardai. Ma andò un po' troppo veloce perché capissi. «Qualcosa che può vedere?» cercai di interpretare.

«Qualcosa che può vedere dalla sua finestra!» corresse Story. «Sì! Uno striscione gigante appeso all'edificio dall'altra parte della strada. Come potresti farlo?»

Aggrottai le sopracciglia. Cazzo, non lo sapevo. Se non era una cosa possibile da ottenere con la tecnologia, ero un totale perdente.

«Posso provare a rintracciare il proprietario dell'edificio» si offrì Maxim.

«Che ne pensi di uno di quegli aeroplani con gli striscioni?» suggerì Sasha.

«Sì» concordai. Sembrava ottimo. «Farò tutte queste cose.» Allargai le mani. Non era da me chiedere aiuto. Di solito ero io a offrirlo, ma lì ero fuori dalle mie competenze. «Potete aiutarmi?»

«Certo.» sorrise Lucy. «Possiamo organizzare tutto.»

~

Natasha

MIA MADRE ERA TORNATA A CASA, il che significava che ero chiusa nella mia camera fingendo di leggere un libro. Volevo solo restare da sola a leccarmi le ferite.

Non volevo raccontarle quello che era successo la settimana precedente. Altrimenti ci avrebbe fatte lasciare l'edificio entro la fine della giornata. Il suo peggior incubo era che mi immischiassi negli affari della bratva.

Ma non dirglielo rendeva impossibile per me orbitarle intorno. Ero ancora in lutto. Poteva anche essere stata solo una settimana, ma l'intensità non aveva avuto eguali. Mi ero innamorata e mi era stato spezzato il cuore tutto in una volta, e non era facile riprendersi.

Arrivò una chiamata da un numero sconosciuto e risposi. Non avevo voglia di parlare con nessuno, ma magari era un nuovo cliente.

«Pronto? Parla Natasha.»

«Salve, Natasha. Sono George Engels, capo delle ammissioni della Scuola di naturopatia dell'Illinois.»

Conoscevo quella scuola: era stata la mia prima scelta quando mi ero candidata l'anno scorso, ma non avevo idea del perché mi stessero chiamando ora.

«Ah. Ehm, salve.»

«Ci siamo resi conto che c'è stato un errore di comunicazione in merito alla proposta di borsa di studio… non le è mai arrivata?»

«Proposta di borsa di studio?» feci eco perplessa.

«Sembra che lei non l'abbia ricevuta, il che spiegherebbe perché non abbiamo ancora ricevuto l'accettazione. Senta, la maggior parte del denaro è già stato richiesto, ma uno studente si è appena ritirato e vorremmo darle di nuovo la possibilità, se è ancora interessata a iscriversi.»

«Beh, sono interessata – ehm – ma anche confusa. Dice di avermi mandato un'offerta di borsa di studio?»

«Anche noi siamo confusi, a essere onesti. Ho appena ricevuto un'email dal rettore in cui mi si chiedeva di esaminare personalmente il suo caso, e sembra che qualcuno nel nostro ufficio abbia commesso un errore. Ma i soldi ci sono, e mi piacerebbe offrile la borsa. Ha già accettato altre proposte?»

Il cuore iniziò a battermi forte. Anche se avevo un forte sospetto su come questo fosse accaduto, non riuscii a trattenere l'entusiasmo. «Ehm, no, non ho ancora accettato nulla.»

«Allora vorremmo offrirle una borsa completa. Ma avrei bisogno di avere una risposta entro la fine della settimana. Le invierò subito via email i documenti, in modo che possa esaminarli.»

«Wow. Grazie mille. Davvero. È fantastico.»

«Sì, concordo. Siamo rimasti molto colpiti dal suo saggio d'ammissione. Davvero commovente.»

Saggio d'ammissione? *Ah.* Interessante.

«Ehm, grazie. Attendo con ansia la sua email.»

«Ottimo. La invio subito. Buona giornata, Natasha.»

Terminai la chiamata e fissai il telefono. Poi aprii il computer, cosa che non facevo da quando ero tornata. La casella di posta era piena e c'erano messaggi non solo dall'Illinois, ma da altri sette istituti, tutti con storie simili.

La mia domanda era andata smarrita ma c'era ancora un posto per me. Alcuni offrivano denaro, altri no. Emisi un gridolino di gioia. Mi sembrava di aver appena vinto la lotteria. La cosa che volevo e che non pensavo sarebbe mai accaduta mi era stata servita su un piatto d'argento. E sapevo chi aveva fatto in modo che accadesse.

Una parte di me avrebbe voluto rifiutare il dono di Dima, ma come potevo? Era un sogno che si avverava! Non sapevo come aveva fatto, ma era davvero fantastico.

Tenni entrambe le mani sul mio cuore, che si contorceva all'interno del petto.

Perché scoprire le attenzioni di Dima era così dannatamente doloroso? Perché non potevo comunque averlo?

Sì. Esatto. Non volevo aprire di nuovo la porta a tanto dolore.

Sapevo che sarei dovuta andare nell'attico a ringraziarlo personalmente. Ma non ero pronta a vederlo.

Non senza che mi spezzasse il cuore.

Lo amavo ancora troppo.

Bruciava tanto stargli vicina. Rivivere il suo rifiuto nei miei confronti.

Nei confronti di noi due.

Mi sarei concessa un po' di tempo. avrei rimesso insieme i pezzi. Magari avrei scritto un biglietto di ringraziamento vecchio stile e glielo avrei inviato per posta.

Aprii le persiane della camera e qualcosa di diverso nel panorama mi fece fermare.

Rimasi senza fiato.

C'era uno striscione gigantesco appeso all'edificio di fronte esattamente a livello della mia finestra.

In enormi lettere maiuscole rosse, si leggeva: TI AMO, NATASHA. Lo stomaco mi salì fino alla gola. *Che cosa?* Sotto di esso il testo diceva: *Tu sei il mio tutto.*

Mi coprii la bocca con la mano mentre un diluvio di

emozioni minacciava di investirmi. Amore, dolore, risate, lacrime: tutto si precipitava fuori in un colpo solo.

«Dima!» Rimasi senza fiato.

Cosa significava? Stava dicendo che *mi voleva*? Mi crebbe un nodo in gola.

«Natasha!» mia madre mi chiamò dal soggiorno. Mi si agitarono le viscere. Ormai non c'era modo di nasconderglielo. Mi feci coraggio. Ma quando uscii, lei stava guardando fuori da un'altra finestra, una affacciata sul lago.

«Che c'è?» chiesi.

«Cosa dice lo striscione?» chiese, indicando.

«Quale striscione?»

«C'è un aereo con uno striscione. Che cosa dice?»

Andai accanto alla mia piccola ma feroce madre. Com'era prevedibile, un piccolo aereo girava intorno alla battigia trascinandosi dietro uno striscione che recitava: «Ti amo, Natasha.»

«Mamma...» mormorai, incapace di fermare le lacrime.

«Chi l'ha fatto?» Mia madre si girò, con lo sguardo euforico. «Alex?»

«Non è stato Alex. È stato Dima.»

«Dima?» Il suo sorriso svanì. «Quello del piano di sopra?»

Raddrizzai la schiena e sollevai il mento. «Sì. È una brava persona» dissi sulla difensiva. «È ferocemente leale e ama profondamente. Farebbe qualsiasi cosa per le persone che ama.»

Mia madre mi fissò, con gli occhi spalancati. «Tu stai... vedendo quest'uomo? È della bratva.»

«Lo so.» Feci un respiro. Fino a quel momento, mi stavo ancora trattenendo. Stavo ancora proteggendo il mio cuore dall'essere fatto di nuovo a brandelli. Ma il tentativo di convincere mia madre mi fece capire che per

Dima valeva la pena di rischiare tutto. Valeva la pena riprovare. Senza ulteriori spiegazioni, presi la chiave magnetica necessaria per accedere all'attico e uscii verso l'ascensore.

Mentre salivo, il cuore mi batteva nelle tempie, nei polsi, nella gola.

Ero terrorizzata e sicura allo stesso tempo. Non avevo mai voluto niente di più, eppure non potevo nemmeno sopportare altra angoscia.

L'ascensore si fermò e le porte si aprirono.

«Dima.»

Era lì ad aspettarmi. Sapeva che sarei arrivata. Certo che lo sapeva, era il suo lavoro.

Inciampai fuori dall'ascensore dritta verso di lui. Dopo una frazione di secondo di sorpresa, le sue braccia si strinsero intorno a me, e mi tenne stretta come nel garage.

«Natasha» mormorò. «Perdonami. Non ho mai avuto intenzione di farti del male, tesoro. Tu sei tutto ciò che conta per me. So che non sembrava.»

«No» dissi contro il morbido cotone della sua camicia nera. «Sì che sembrava. Ma hai anche continuato a respingermi.»

«Mai più» giurò. «Sono tutto per te ora, *amerikanka*. Se me lo permetterai.»

«Promesso?»

«Lo prometto. Ti parlerò di Alëna ora. Ma solo se lo vuoi. Qualunque cosa tu voglia.» Mi posò le labbra tra i capelli, le mani mi accarezzavano su e giù per la schiena. «Sono tuo, Natasha. Mi dispiace di non essere stato pronto prima, ma ora lo sono.»

Sollevai il viso dal suo petto e tirai la sua testa verso la mia, reclamandone la bocca.

Lasciò che lo baciassi io per un attimo, poi prese il sopravvento, afferrandomi la nuca e inclinando il viso per approfondire il bacio. La sua lingua mi scivolò tra le labbra, danzando con la mia.

Si allontanò e mi sfiorò la guancia con il dorso delle dita.

Mi resi conto che il piccolo anello era sparito dal suo mignolo. Gli allontanai le dita per esserne sicura. «L'hai tolto.»

Annuì. «Gli ho detto addio e l'ho lasciato nel bosco dove abbiamo visto la cerva.»

Gli baciai le dita. «Mi dispiace per la tua perdita.»

Strinse le dita con le mie. «È stato molto tempo fa. Non sapevo come andare avanti fino a quando non mi hai preso a calci nelle palle».

«Non l'ho mai fatto» dissi con un sorriso.

«No.» La sua espressione era calda mentre mi cullava il viso con le mani. «Sei sempre stata gentile. Ero io lo stronzo. Posso… ti farai…» Si passò le dita tra i capelli con un sorriso malinconico. «Non ho idea di come farlo. Posso invitarti fuori per un appuntamento?»

Risi. «Per un appuntamento?»

Ammiccò. «Suona antico, non è vero? Ti ho già spompata senza dare nulla in cambio. Ma... vorrei porvi rimedio. Possiamo ricominciare da capo? Andare a cena? Sposarci? Avere piccoli bambini dai capelli rossi?» Inclinò la testa per catturare il mio sguardo. «Troppo presto?»

Il calore mi vorticò ovunque nel corpo e piccole esplosioni di gioia mi scoppiarono in petto. Lui mi voleva. Ed era tutto per me. «Un po'.» Portai le mani al suo petto, appoggiandomi a lui. «Come hai fatto a farmi entrare nella scuola di naturopatia?»

«Un mago non rivela mai i suoi segreti.»

«Mi sembra giusto.» Sorrisi.

«Hai intenzione di andarci?»

Ripresi fiato. Sarei andata?

Avevo appena scoperto che il ragazzo di cui ero pazza voleva stare con me. Era davvero il momento giusto per allontanarmi per quattro anni?

Come se avesse intuito il motivo della mia esitazione, mi coprì entrambe le mani. «Se sei preoccupata per noi, troveremo il modo, nessun problema. Di tutti gli uomini di Ravil, sono l'unico perfettamente in grado di lavorare da remoto.»

Aveva usato il plurale. C'era un *noi*.

Non riuscivo ancora a crederci.

«Da quando Ravil ha infranto il codice bratva per sposare Lucy, tutte le regole di fratellanza o di morte sembrano essere finite fuori dalla finestra. Ha appena lasciato che Pavel andasse a stare con la sua ragazza a Los Angeles. Maxim ha una moglie. La fidanzata di Oleg vive con noi.» Dima fece spallucce. «Non vedo perché non potrei andarmene anch'io.»

Mi rivolsi a lui, sentendo battiti d'ali nel petto. «Verresti con me? Davvero?»

«Natasha, sono preso. Voglio stare con te, in qualsiasi modo tu voglia avermi.»

Cercai di immaginare come sarebbe stato avere Dima con me alla scuola di naturopatia. Tornare a casa da lui, davanti al computer nel soggiorno. Guardare film. Cucinare insieme.

Non potevo immaginare niente di meglio.

«Un'altra domanda: cos'è successo ai prestiti studenteschi?»

Mi preparai, temendo di sentire che aveva commesso un crimine in mio nome, ma mi toccò il naso e disse: «L'ho semplicemente pagato con i miei risparmi. Ho pensato che avresti preferito un approccio legittimo, in questo caso.»

«Wow. Grazie» inspirai. «Spero che non pensi di avermi comprata ora.» Non lo dissi sul serio. Mi aveva invitata a un *appuntamento*. Pagare i miei quarantamila dollari di prestito studentesco mi avrebbe comprata sicuramente: anima e corpo.

Mi prese la nuca e la massaggiò. «Ho intenzione di impegnarmi per dimostrarti cosa significhi per me, in ogni modo possibile.»

Le mie ciglia si inumidirono. «L'hai già fatto.»

«Vieni qui.» Dima mi prese tra le sue braccia e mi portò verso la sua camera da letto.

Gli girai le braccia intorno al collo, ridendo. «Dove stiamo andando?»

«Ho bisogno di assaggiarti.» I suoi occhi si scurirono. «Ho bisogno di riassaporarti» mormorò mentre spalancava la porta.

EPILOGO

Dima

Natasha mi strinse la mano mentre eravamo con Nikolaj davanti alla porta dell'appartamento in cui eravamo cresciuti.

Guardai il mio gemello; il mio stomaco era un rullo serrato, perché il senso di colpa e la vergogna lo aggredivano da tutte le direzioni.

Fece spallucce. «Sarà quel che sarà.»

Giusto.

Alzò il pugno e bussò alla porta, poi la aprì senza aspettare risposta.

«Mamma?»

Nostra madre era seduta sul divano a guardare la televisione sul gigantesco schermo piatto che avevo fatto in modo che vincesse. Sembrava la stessa, solo molto più vecchia.

Le rughe le coprivano il viso e i suoi capelli erano più grigi che biondi.

Gridò, cadendo all'indietro sul divano mentre noi entravamo.

«Siamo vivi, mamma. Mi dispiace che tu abbia pensato che fossimo morti.» Parlai in russo, facendo uscire le parole rapidamente nel caso in cui pensasse di avere allucinazioni o che fossimo fantasmi.

Emettendo un suono morbido come un animale ferito, si alzò in piedi e io e Nikolaj ci affrettammo ad aiutarla.

«Ragazzi miei!» Stava già piangendo. Ci abbracciò entrambi contemporaneamente. «I miei ragazzi… com'è possibile? Cos'è successo? Non capisco.»

Non riuscii a impedire a un singhiozzo di uscirmi dalla gola. Quello che avevamo fatto alla nostra povera madre era stato imperdonabile. Come doveva aver sofferto, da sola per tanti anni…

«Ti voglio bene, mamma» fu tutto ciò che riuscii a dire, soffocando.

«Ci siamo uniti alla bratva» spiegò Nikolaj. «E non permettono di avere famiglia. Abbiamo dovuto fingere le nostre morti.»

«Vi ho persi, ma eccovi qui!» Stringemmo nostra madre che singhiozzava di gioia piangendo apertamente con lei.

«Chi è?» chiese, notando Natasha.

«È la mia nuova ragazza, Natasha.» Tesi la mano a Natasha, e lei si unì al nostro piccolo cerchio. «Mi ha aiutato a tornare indietro dal mondo dei morti.» Strinsi la mia bella ragazza contro il mio fianco e le posai un bacio sulla testa.

«Natasha, lei è nostra madre, Marja.»

Natasha tese una mano a mia madre e le disse in russo che era meraviglioso conoscerla.

«Mi dispiace, mamma. Mi dispiace che tu abbia sofferto.»

Mia madre si tirò su. «Sapevo che non potevate essere morti» ci disse con convinzione. «Non hanno mai trovato i corpi… *perché non c'erano corpi?* Avevo chiesto. Nessuno mi ha ascoltata, ma una madre sa se i suoi figli sono morti, e non ho mai creduto che voi lo foste.»

Natasha regalò a mia madre un sorriso complice. «Lo sapeva» affermò.

«*Da.* E ho sempre avuto l'impressione che qualcuno vegliasse su di me. Tutti questi premi vinti… eri tu, non è vero?»

Attirai mia madre per un altro abbraccio. «Naturalmente ci siamo presi cura di te.»

«Lo sapevo!» disse trionfante. «Allora» allargò le mani. «Dove siete stati?»

«America» le disse Nikolaj. «E dobbiamo tornarci. Ma possiamo farti trasferire nel nostro edificio, se lo desideri. Tutti parlano russo, ti adatteresti bene.»

Capii dal volto di mia madre che non amava l'idea.

«Oppure puoi stare qui, e possiamo chiamarti e venire a trovarti.»

Fece roteare la testa, poi fece un sorriso a Natasha. «Verrò in America per il matrimonio. Hai intenzione di sposare questa bella ragazza?»

«Sì» dissi subito, anche se non gliel'avevo ancora chiesto. Natasha puntò il suo viso verso il mio. «Se lo vorrà, mi avrà» le mormorai.

Aveva accettato la borsa di studio per la Scuola di naturopatia dell'Illinois, e Ravil mi aveva dato il permesso di trasferirmi con lei. Avevo trovato un bell'appartamento vicino al campus, a sole tre ore di auto da Chicago, quindi potevo tornare a prendere i miei incarichi da Ravil e lei poteva fare visita a sua madre.

«Dimmi che non me l'hai chiesto così…» scherzò Natasha.

«Assolutamente no. Sto lavorando a qualcosa di molto più dolce.» Le feci l'occhiolino e lei arrossì con evidente piacere. Era così facile renderla felice. Le barrette di cioccolato fondente e qualche orgasmo a notte sembravano mantenerle il sorriso sul viso, ma mi stavo impegnando giorno e notte per continuare a dimostrarle che non era il mio ripiego.

«Accetteresti una proposta del genere?» Il polso accelerò anche se ero quasi certo della sua risposta.

Mi offrì uno di quegli sguardi adoranti che non meritavo e annuì.

Mi girai verso mia madre. «Sembra che verrai a trovarci presto, allora.»

Mia madre spalancò le braccia e strinse Natasha in un caldo abbraccio. «Mi hai reso così felice. Sono così felice in questo momento.» Iniziò a piangere di nuovo lacrime di gioia, e stavolta Natasha si unì a lei.

Mia madre ci portò nella sua cucina appena ristrutturata – grazie a un altro premio che avevo fatto in modo che vincesse– e aprì una bottiglia di vino. Rimanemmo con lei per un'ora e lasciammo che ci sfamasse. Quando tirò fuori un'altra bottiglia di vino, presi una tavoletta di cioccolato dalla borsa da viaggio e la misi al centro del tavolo di fronte a Natasha. La aprì, ne staccò un pezzo, poi lo offrì a mia madre. Quando mia madre ruppe un pezzetto, l'anello che avevo inserito cadde sul tavolo.

«Cos'è?» esclamò mia madre.

Natasha sussultò. *«Qualcosa di più dolce!»* Lo capì immediatamente, e prese l'anello. Era incrostato di cioccolato; forse non era stata la mia mossa più intelligente, ma la cosa non sembrò infastidirla. Lo mise in bocca per pulirlo, poi si fece scivolare la fascia da tre diamanti sul dito.

Nikolaj spinse la barretta di cioccolato nella sua direzione e lei capovolse l'involucro per rivelare la proposta che avevo stampato all'interno.

Sposami, Natasha.

Rise. «È una proposta o un ordine?»

Le presi la mano. «Ti prego, di' di sì.»

«Sì!» esclamò, con gli occhi che lacrimavano.

Mia madre scoppiò in lacrime ancora una volta, e ci fu un giro di congratulazioni mentre baciavo la mia dolce Natasha.

«Ti amo» sussurrò.

«Sei mia» le dissi, piantandole un morbido bacio sulle labbra. «E io sono tuo.»

All'inizio magari mi ero trattenuto all'inizio, ma non lo avrei fatto mai più. Non ero sicuro di aver mai avuto uno scopo nella vita prima, ma ne avevo uno ora: rendere felice Natasha. Avevo quasi perso il mio posto nel suo cuore, e non avrei fatto più quell'errore.

«All'amore e al riavere i miei figli» disse mia madre, alzando il bicchiere.

Ripetemmo tutti il brindisi e facemmo tintinnare i bicchieri; la gioia del momento compensò gli anni di dolore, portando luce alle nostre tenebre, guarendo tutti le parti in cui eravamo spezzati.

Per un epilogo bonus speciale, iscriviti alla mia newsletter e ottini l'accesso alle scene bonus: https://www.-subscribepage.com/rrbonus

L'allibratore

HO CONTRATTATO CON LA BRATVA…
LA VITA DI MIO FRATELLO PER LA MIA.

Mi hanno offerto un affare: trenta notti per la vita di mio fratello.

Trenta notti... con lui. Nikolaj Novikov.
L'affascinante ma pericoloso usuraio.
È apparentemente dolce. Peccaminosamente bello.
Coinvolgente, persino.
Ma è solo un'illusione.
Avevo giurato di non dargli nulla di più di quanto
avevo promesso,
eppure riesce a vedermi dentro.
Quando si tratta del mio cuore, gli accordi saltano ...
E il vincitore prende tutto.

Leggi Ora

L'AUTORE

L'autrice oggi bestseller negli Stati Uniti Renee Rose ama gli eroi alfa dominanti dal linguaggio sboccato! Ha venduto oltre un milione di copie dei suoi romanzi bollenti, con variabili livelli di erotismo. I suoi libri sono comparsi su *USA Today's Happily Ever After* e *Popsugar*. Nominata *Migliore autrice erotica da Eroticon USA* nel 2013, ha vinto come autrice antologica e di fantascienza preferita dello *Spunky and Sassy*, come miglior romanzo storico sul *The Romance Reviews* e migliore coppia e autrice di fantascienza, paranormale, storica, erotica ed ageplay dello *Spanking Romance Reviews*. È entrata dieci volte nella lista di *USA Today* con varie antologie.

Iscrivetevi alla newsletter di Renee per ricevere scene bonus gratuite e notifiche riguardo a nuove pubblicazioni!
https://www.subscribepage.com/reneeroseit

facebook.com/Autrice-Renee-Rose-101548325414563
instagram.com/reneeroseromance